寺山修司と安藤紘平　遺産は進化する

清水義和　松本杏奴　赤塚麻里著

文化書房博文社

目次

序

遺産は進化し衰えず　寺山修司と安藤紘平

清水　義和

寺山修司が亡くなって久しいが、今もってメディアへの影響力が強い。その秘密は何処にあるのか。寺山の劇団「天井桟敷」にも所属し、寺山から大きな影響を受けた、映画監督で早稲田大学名誉教授の安藤紘平氏の作品から考えてみたい。

文学、演劇、そして映画の専門家でつくる「国際寺山修司学会」は二〇〇七年、早稲田大学で行われた「寺山修司のすべて」に参加して、寺山と安藤氏の作品を検証した。

会場では寺山によるSF映画『田園に死す』と、安藤氏の『アインシュタインは黄昏の向こうからやってくる』を上映した。

寺山は国文学的見地に安藤氏は電子工学的見地によって映像を作り上げていた。だがどちらもタイムマシンで過去へ遡るという概念が登場し相対性理論に立脚している。因みに、寺山が一九七四年に『田園に死す』を制作したのは、タイムマシンが登場するロシアの詩人マヤコフスキーの戯曲『風呂場』の邦訳が前年に出版され、それを読んだからだと私は推測している。

『田園に死す』の中で、寺山はフィルムの上に自作の短歌を字幕で焼付けた。いっぽう、安藤氏は『アインシュタインは黄昏の向こうからやってくる』ではCGを想わせる映像を使い、寺山の作品が宇宙空間に浮かぶ場面がある。安藤氏がデジタル技術を想わせる映像を生かし、スクリーンの中から寺山の詩を銀河の彼方へ放ったような印象を受けた。

安藤氏が寺山に促され製作した最初の映像作品『オー・マイ・マザー』ではビデオ映像をフィルムで撮影するという手法が使われた。「母殺し」をはじめ、寺山が描く複雑な母と子の愛憎関係に触発された安藤氏は、いわば子供であるビデオメデイアが、母なるフィルムメデイアと溶け合うというイメージも本作に重ね映画界を驚かせた。静止画が動き出す「エレクトロ・フリーラン効果」を利用した母親の映像はフランシス・ベーコンの人物画のように歪に見える。

二〇一七年は劇団「天井桟敷」が設立してから五十年にあたった。安藤氏も在籍した「天井桟敷」は当初国内で、奇を衒う素人の集団とみられていた。一九七〇年にニューヨークのラ・ママ・シアターで『毛皮のマリー』を上演し、エレン・スチュワートに認められて評価が一変したのである。

寺山が欧州巡演でポーランドを旅した時、演出家イェジー・グロトフスキに会い『貧しい演劇』(Poor Theatre)の虜になった。寺山は帰国すると、市街劇を上演した。「天井桟敷」に集まる人々は劇場を出て市街地を舞台に変え、日本における「持たざる演劇」誕生のきっかけを作った。

「天井桟敷」の活動は二期にまたがり、前期は門外漢の即興劇で、後期は熟練した芸人の凄技だったといえる。

特に後期は、他に類を見ないスタッフが時に俳優より優れた独創性を発揮した。そこには電子工学の技術で役者を人形に変え、芝居を操る専門家がいた。その一人が安藤氏である。

映画『フェルメールの囁き』では寺山が好きだったサーカスのアクロバットを捉えている。それはかつて「天井桟敷」一座がオランダ・メクリ劇場での「奴婢訓」上演で、サーカスの軽業をプロ並みに演じた姿を髣髴とさせる。『フェルメールの囁き』に映し出された空中回転を見ていると、安藤氏が考案したエレクトロ・フリーラン効果が顕れ、その竜巻から魔性が産れる予感がする。

安藤氏が作った竜巻の正体を理解するには、専門知識を要する。しかし、鑑賞する者は、その不思議な映像に理屈抜きで惹かれているようだ安藤氏のＣＧ映像については名古屋学芸大助手の松本杏奴氏が研究し論文にまとめているが、自身もアニメ制作会社勤務時、制作に生かしたということだ。

寺山の芸術を、安藤氏が電子媒体を使い再び斬新な画像にして見せてくれたこと。そしてそれがまた、若い世代に影響を与えていることは、寺山のレガシーが今尚色褪せない理由の一つではないだろうか。

第一章

第一節

映画と私と寺山修司
〝最近、なぜか、寺山修司…〟

映画作家　早稲田大学名誉教授　元劇団員

安藤　紘平

「どうしたら映画監督になれるんですか?」

学生から良く聞かれる質問である。その時、私は決まって

「君は、なにか映画を撮ったかい?　もし撮っていれば、既に君は立派な映画監督だよ」と言う。実は、この答えは、寺山修司さんからの受け売りである。いや、正確には寺山さんは、私にこう言ったのだ。

「頭の中で映像をイメージした時点で、既に君は立派な映画監督だよ」

私が映画を撮るようになったのは、もとはと言えば、寺山さんの企みから始まったことである。

「安藤さん、これからは映画の時代だよ。パリで、割り勘で中古のカメラを買おうよ。一緒に映画を撮ろうよ。」

海外公演での我々の飛行機代の半分はパンナム航空とのタイアップであり、条件は、パリのパンナムビルの前で、当時人気のタイガースの加橋かつみさんと寺山さんが対談して、その映像をテレビで流すことだった。

「でも、そんな簡単に映画監督なんかになれないでしょう」

その寺山さんの答えが、

「頭の中で映像をイメージした時点で、既に君は立派な映画監督だよ」であった。

私は、すぐに寺山さんの誘いに乗って、パリに着くや中古の16ミリカメラを購入、なんとか無事、タイアップ映像を撮り終えた。しかし、帰国後、いつまで経っても寺山さんからは共同映画製作の話がこない。やむなくそのカメラで撮影した『オー・マイ・マザー』が、ドイツのオーバーハウゼン国際短編映画祭で入選したことから、私の映像作家としての第一歩が踏み出されたのである。


最近、なぜか寺山さんとの関連深い出来事が多い。

その『オー・マイ・マザー』が、最近、あちこちで持て囃されている。

最近、アメリカのゲッティ美術館に収蔵され、ニューヨークのジャパンソサイエティ、ボストン美術館をはじめ横浜美術館、東京芸術大学、早稲田大学、国立国際美術館などで上映されＤＶＤまで発売された。飯村隆彦さんや大林宣彦さんとの対談が組まれ、その時には必ず寺山さんの話が出る。そもそも、『オー・マイ・マザー』と云うタイトルが寺山さんの影響をもろに受けているからその事を質問される。

「オー・マイ・マザー」は、デジタルシネマのはしりともいうべき、フィルムと電子映像とのミックスである。映像のループを作ってフィードバックさせ、正帰還（ポジティブフィードバック）させると音で言うハウリングのような現象が起こり、電子が勝手に動き出す〝エレクトロフリーラン効果〟が生まれる。この現象が起こると、映像は勝手に動き出す。一九六九年のことだから、当時としては極めて斬新な映像で、草月ホールで上映された時には、観客の中からも大きな歓声があがった。

テーマは、作家である自分が母親を犯して再び母親の身体から生まれ変わり、また、母親を犯すという永遠のループである。フリーランするエレクトロンは、僕自身の精子だ。フリーランすることでループから抜け出るイメージを期待しても抜け出せない。これはまさに寺山さんのモチーフである〝家出〟と〝母への思慕〟のイメージの影響と言うほかない。そこに、ビデオというメディアがフィルムという母なるメディアを犯していくイメージを重層的に表現したかったのである。

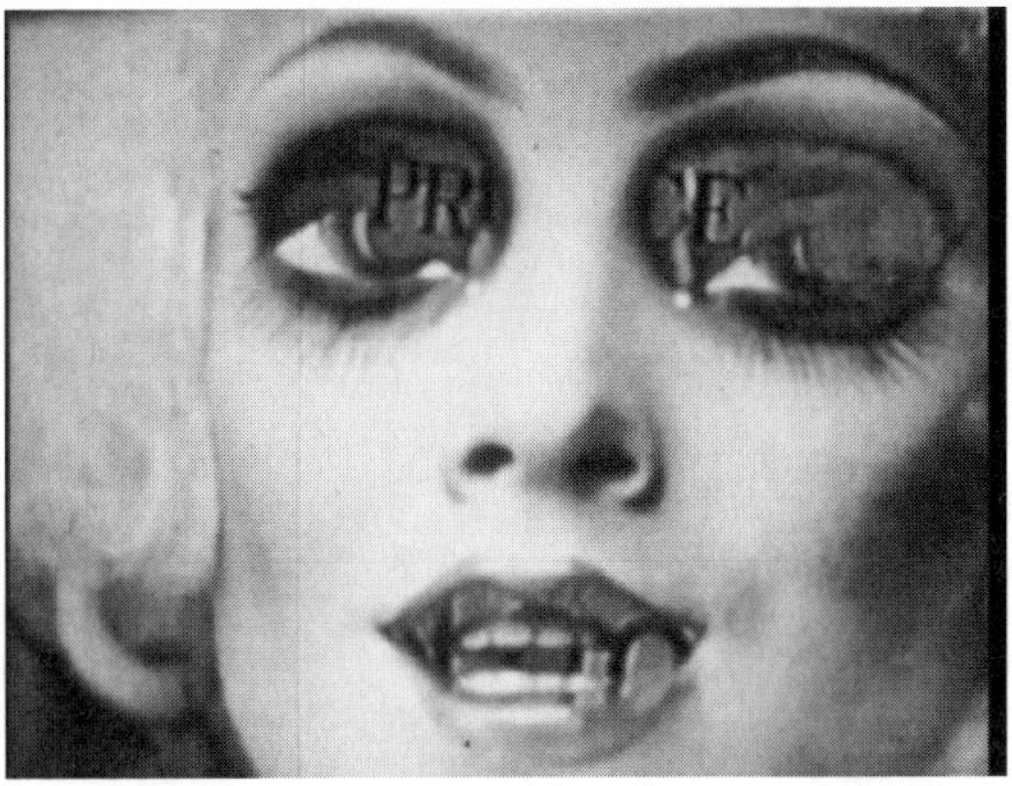

『オー・マイ・マザー』1969

- 1969年オーバーハウゼン国際短編映画祭 入選
- アメリカ、ロスアンジェルス Getty Museum 収蔵
- 横浜美術館　収蔵
- パリ Light Cone 収蔵

母親の象徴としての小暮実千代の写真、ドイツの有名なおかまの娼婦、髭をつけた男装の女の写真が元の素材である。タイトルバックは、ドイツの有名なおかまの娼婦の写真から始まる。パッと見は母親のなりをしているが正体は男のアップの目が刳り抜かれてゆく。このおかまこそ自分と母親の間に生まれた子であり、自分自身であり、ビデオメディアであるわけだが、目が刳り抜かれてゆくのは、ギリシャ神話のオイディプスの話から来ていて、「近親相姦したものの目は刳り抜かれなければならない」から由来している。タイトルの終わりに髭をつけた女になるのは、僕の顔をした母親でも良いからである。そして、母親の象徴としての小暮美千代の写真がエレクトロフリーラン効果で動き出すわけである。

技術的には新しいが、まさに寺山さんの影響が色濃く現れている。ただ、日本で初めてというべきこの電子効果を応用した映像は、逆に、寺山さんの実験的短編映画『蝶服記』『影の映画』などに影響を与えているように思えて、少し嬉しい。

パリでの加橋かつみさんと寺山さんの対談に戻るが、これは、当時、ニューヨークのオフオフブロードウェイから端を発し、ロンドン、パリで大人気となっていたロックオペラ『ヘアー』の日本公演に関する話だった。この脚本を、当初、寺山さんが書くことで始まったのだが、寺山さんがあまりにも原作を過激に変えたため、寺山さんでは実現しなかった。実は先日、この日本公演のオリジナルメンバーでの再演が四〇年ぶりに行われた。公演の後、プロデューサーの川添象郎氏や加橋かつみさん、安藤和津さんらと寺山さんの想い出を語り合った。

先日、篠田正浩監督の講演があったが、ここでも、寺山さんの『マッチ擦るつかの間　海に霧深し　身捨つるほどの祖国はありや』がテーマとなっていた。

この間、飲みに行ったお店でたまたま会った作家の島田雅彦氏は、隠れ寺山修司ファンで、高校生の時、寺山さんからサインを貰ったそうである。

また、ついこの間、映画プロデューサーの佐々木史朗さんをプロデューサー講座にお呼びしたが、その最後の締めくくりが、寺山さんの一九六六年のドキュメンタリー『あなたは』が締めくくりだった。

昨日のいまごろ、あなたは何をしていましたか
それは充実した時間でしたか
・・・・・・
祖国を愛していますか
祖国のために戦うことができますか
・・・・・・
東京は好きですか
空がこんなによごれていてもですか
あなたにとって幸福とは何ですか
では今、あなたは幸福ですか
最後に聞きますが
あなたはいったい誰ですか

そう、この質問の中に入り込んでしまったのは、寺山さんではなくて、私たち自身なのだ。寺山さんの仕掛けた質問の迷宮の中で彷徨っているのは、九條今日子さん、萩原朔美さん、榎本了壱さん、森崎偏陸さん、J・A・シーザーさん、清水義和さん、そして私。それを、質問の向こう側で、寺山さんだけが笑いながら見ている。そういえば、私たちの誰だって、寺山さんの質問の答えを観た人はいない。永遠に続く質問の中で、私たちはいつまでこの答えを探し続けることになるのだろう。

最後に聞きますが
寺山さん、あなたはいったい誰ですか？

第二節

マラソンインタビュー
今月の二人　安藤紘平、寺山修司

安藤紘平

―この間、山崎努さんと話をしていたのはね、TVの解像度のことで。役者は、最終的には観ている人と戦う訳ですよね。その時の自分自身のことが、はっきり出ちゃう、顔の表情とか、肌の色合いとかがね。こんなに恐いものはないって。それに勝った時、役者冥利に尽きるって言われるんです。ぼくは、もっと違ったニュアンスで、映画の方がいいと考えているんです。これは言葉の綾でしょうけれど、TVは、本当に凄くよく見えるから、生々しくて、変に細かいところまで見えてしまう。解像度は非常にいいんですよ。でも、明暗に対する幅が、フィルムよりずっと狭いから、微妙なディテールがでてこないんですよね。その辺から出るイマジネーションが、フィルムに追いつかないと思うんです。

―大学が早稲田の電子工学科で、先輩が九條今日子さんの弟さんだったんです。それで、「天井桟敷」に遊びに行くようになって、その内にプロデュースを手伝うようになりましてね。ドイツ公演の時、パリで買った中古の16ミリカメラを回したのが最初で、その後、萩原朔美君達と「ファミリー・フィルムメーカー」というグループを作って、その時に作った、『オー・マイ・マザー』がドイツのオーバーハウゼン短編映画祭で賞を取りました。

―一九六八年にTBSに入社した頃は、まだモノクロが全盛の時代で、フィリップスのカラーカメラが一台入ってきましてね、「東芝日曜劇場」のカラー第一作のスタッフにいました。当時は、カラーの画質管理が大変で、今だと演出待ちなんてことがありますけど、その頃は、カラーの調整待ちがあったりしましたね。

―昔は、生活的な匂いのするものを撮るのが嫌いで、むしろ自分のイメージしているものがね、虚構なものをそのまま虚構な形で撮りたいと思っていたんですけど、最近は逆に、自分の身の回りのものを撮るようになりましたね。去年、十年前に撮った、「マイ・フレンズ・イン・アドレスブックのパート2」という形で、十年後の同一人物を半分遊びで撮りました。今年も撮る予定はしているんですけど・・・。

―この七月に、渋谷のパルコ・パート3で、伊藤蘭さんが、『リボンの騎士』をやるというので、その脚本を頼まれてて、ちょうど、書き上ったところですけど。文章も書きたいし、版画もやってみたいと思っていますし。きざな言い方になるかもしれないけど、男って、「いつか蒸気船が出航する時、それに乗り込まなければ」というようなところがあると思うんですよ。だから、今の自分自身を何とか言葉にしておきたいと。今のところ、映画というのが、一番喋りやすいなとはおもっているんですが。台本を書いたり、TVで仕事をしたりして、自分にとって喋りやすい状態を探し続けているようなところがありますね。

―寺山（修司）さんは、ぼくの青春時代の大きい部分を占めている人だから。体の細胞の相当な部分を侵食されていますね。いろんな批判も持っていますけど、総体的にはやはり、すばらしい方ですから。

寺山修司

―彼（安藤）は他の人達の実験映画が内面的な意識を映像化していくのに対して、自分の内側に在るものを外在化して、ひとつの物語を組み立てていく。そういう意味で、人間に対する関心の非常に強い作家だと思います。製作者としても非常に有能でした。彼の中に、映像技術の最先端にある一面と、抒情的な映像作家としての一面と、有能な製作者としての一面と、三つの表情があるのは、非常に面白い事だと思います。

―いまどき、成人した人間が大勢で、一つの建物の中に座って、真暗になるのを待って息をつめて、同じ方向を見てるというのは、考え難いことでしょう。ある意味では、ファシズム的な印象さえ与えかねない。しかし、同じ映画を観ているけど、見る人達の感性によって、それぞれの中に、違った貌が出来上がる。それに、もう一つ映画に対する根源的な興味というのは、演劇と違って非常に魔術的なメディアということですね。ぼくが映画を作ろうとした契機は、ブニュエルとダリが組んで作った作品の幾つか、特に『アンダルシアの犬』に代表される、シュールレアリスティックな映像との出逢いにあるんですけど。日常の現実では起こり得ない、しかも演劇では、どんなにアヴァンギャルドな舞台でも根本的に同一時間、同一空間という制約から抜けられない訳でしょう。そういうものに対して映画が持っている、光りと影による魔術、イリュージョンを通して自己を語る、世界を反映する、そういうことに興味がありましたね。

—一つの原作があって、いろいろな物を作るということではなく、さしあたって何でもいいんだけど、スタッフが共有するコードネームがあればいいと思っていて、たまたまマルケスの小説があって、それを読んだスタッフの感想から出発して、別の物語を作ってみようということです。映画自体まだ完成していないけど、だから『百年の孤独』というタイトルをつけるかどうかわかりません。

—今年はその前に作った『草迷宮』という作品を秋に公開することになっているんで、そっちの方が先になると思います。（伊丹十三出演）

—カメラの眼の高さというのは、そのまま監督の目の高さで、だから非常に権力志向の強い人は俯瞰がやたら好きだったりね。例えば非常に日本的家父長制度の中で、使用人の視点で家というものを見続けてきた小津安二郎という人は、当然低いアングルになるという風に。ただ、カメラの目の高さというのは、映画を支える一つの思想としては、非常に重要だけど、同時に、美術とか音楽とか、俳優による身振りとかいろんなものが総合化されて一つのイリュージョンを作り出す訳だから、何を中心ということではなくて、それらが、相互に活性化し合わないと、いい映画は出来ないんじゃないかと思います。

—（イメージと実際に出来上ったプリントの間は）そんなにずれないように作っています。それはまあ、偶然性というのが、作品の魅力になる場合は、それによって映像が変っていくことも、意図の内だと思うしかないです。カメラマンがずっと鈴木達夫だし、彼が、映像に対する計画、色彩設計をして絵コンテを作る。美術はシーンごとの絵を書く。音楽はクランクインする前にピアノかギターで曲を用意して、それを流しながら同時に撮影する。カメラを据えてからセットを立て直したりしている訳です。それで何回でもやり直して、ある程度思うような物が出来上るようにして作っています。

―舞台の俳優というのは無の状態から身体というところまでひき下って一つ一つの属性を身に付けていかなければいけない。映画の俳優は、肉体という現実的な属性を負った所からでも出発出来る訳で、むしろ現代では、そういうのを逆に利用して、イメージキャスティングに当てはまる人を探し、その人が日常の中で積み上げて来たものも利用して行く訳ですから、両者の間には違いがあると思います。

―映画のイメージというのは、シナリオを書く段階から、ある種の風景とか太陽の当る角度のどこそこにどんな物が置いてあるとか、ここは、ワンライトで照明は片側しか当らないとか、自由に夢を見るようなとりとめもないものではなく、現実原則と空想原則という風なものが、折合いがついた状態でスタートしないと自分自身に幻滅することにしかならないと思うんですよ。

PERSON●マラソンインタビュー
今月の二人
安藤紘平、寺山修司

あんどう　こうへい　一九四四年北京生まれる。「天井桟敷」を経て、16ミリ「マイ・フレンド」「通り過ぎる電車のように」等を発表する。

てらやま　しゅうじ　一九三五年青森県に生まれる。一九八二年十二月紀伊国屋ホール「レミング」を最後に演出を停止。「百年の孤独」公開未定である。

月刊「M．G．(MovieGoers')Press創刊第3号（一九八三．五)」(発行は四月三十日)
第1巻3号（八二―八三頁)

第二章

第一節

『山田太一、寺山修司を語る』

—〝早稲田と映画 寺山修司のすべて〟より—

安藤 紘平

『早稲田と映画　寺山修司のすべて』と題して、二〇〇七年末、早稲田大学大隈講堂において開催された映画とシンポジュームは、寺山修司の学生時代からの親友山田太一氏との交流を通しての寺山を知る貴重な機会であった。

初日は、映画「田園に死す」が上映され、山田太一、九條今日子、萩原朔美、榎本了壱をゲストに、二日目は、映画「さらば箱舟」が上映され、篠田正浩、九條今日子、萩原朔美、榎本了壱をゲストに迎え、両日ともシンポジュームは安藤紘平の司会進行で開催された。両日の内容について、山田太一氏の話を通して浮かび上がる寺山修司像を小生の個人的理解を交えてここにまとめる。

「寺山修司との出会い」

一九五四年、山田は早稲田大学教育学部国文学科に入学した。ある時、山田は、同級生たちに、諳んじている小野十三郎の詩について語った。「恐らく、皆、知らないだろう」山田は思った。当然、皆、知らなかった。ところが、途中からその詩をつづけるやつがいる。山田は、驚いた。東京の大学とは、やはり凄いところなんだ。後から考えると、それが、寺山だった。

それから、少し後のことである。

「山匁君て君かい?」声を掛けてきたやつがいる。「君、学生小説コンクールで入選したんだろう」

山田が投稿した小説が、雑誌「文芸」主催の〝学生小説コンクール〟で佳作入選していた。投稿の時、山田はいつもの癖で山田の田を匁のようにくずして書いたため、編集者が間違えて〝山匁太一〟と雑誌に掲載したのである。

寺山もまた、「チェホフ祭」で第2回短歌研究五十首詠の特選(後の短歌研究新人賞)を受賞していた。

「俺も最近、賞を貰ったんだ」

こうして、二人の天才がめぐり会った。

寺山は、「チェホフ祭」受賞をきっかけに知りあった「短歌研究」編集長の中井英夫氏から食事の招待を受け、山田を誘った。貧乏学生の二人にとっては、そのときの中華料理は、まさに、これまで食べたことのない夢のような味だった。それは、麻薬のふりかけがかかっていたのではないかと思われるほど、三、四日の間、舌に残って至福の感動を味あわせてくれたと、山田は述懐する。それにしても、関係のない山田を連れていくほどに、寺山は山田に親しみを感じていた。

二人は、急速に接近する。同じ学校に通い、同じ授業を受けて、同じ女性を愛し、みんなで同人誌「風」を発行する。三人は原稿を書き、寺山はその表紙のイラストを描く。ちなみにその女性が後の山田夫人であり、寺山が九條映子(現 九條今日子)と結婚後、「もし、俺が病気にならなければ、彼女は、俺と結婚していたんだ」と言っては、九條を苦笑させた。

そんなころ、毎日お互いに顔を合わせているにも関わらず、寺山と山田は、手紙を交わす。今日、読んだ本の感想、映画、音楽、思ったこと…。「本のことなどさんざんしゃべって、話が足りなくて電話がないから、下宿に戻って手紙を書いて、また翌日話をして…」

それが、あの有名な、寺山と山田の往復書簡であった。

「結婚した当初、大きな段ボールが一つあり、これだけは開けてはだめだよと、寺山に言われたの。そう言われると開けたくなるのが人情でしょ。開けてみたら手紙がびっしり。しかも、おかしなことに、山田さんからの手紙と一緒に、寺山の出したはずの手紙もあるからびっくりしたの。」寺山と結婚した九條が見た段ボール箱の中身は、この往復書簡だった。寺山は、処女作品集『われに五月を』に掲載するため、寺山が送った手紙も山田から借り受け、それを、自分が受け取った山田からの手紙と一緒に段ボール箱にしまってあったのだ。

これはぼくと友人の往復書簡である。

友人の名前は山田太一。いまはシナリオライターになって脚本を書いたりしている。

この手紙のやりとりを始めたとき、ぼくらは十九歳と二十歳だった。大学の構内で、僕らは貧しい時代のアルト・ハイデルベルヒを、書物とレコードと、ほとんど実りのない恋とに熱中しながら過ごしたのだ。

しかし、ジュウル・ルアナルではないが、「幸福とは、幸福をさがすことである」のだから、こうした古い手紙の中に過ぎ去った日を反芻してみるのも、楽しいことのひとつかも知れない。

―後略―

“山田から寺山へ”

「好きだって言って断られたら、もうつきあってくれないから…それなら言わないで、つき合っているほうがいいもんな」（三島由紀夫「十九歳」）

しかし、どっちにしても、何もないまま会わないでお別れだな、と思うと寂しかった。

ノエル・カードの『逢いびき』という戯曲を読んだ。君の部屋にもあったから、読んだと思うけど。あの八十五頁の中段から下段にかけて、うまいね。

――中略――

片方が強くなると、片方が弱くなり、離れがたい気持ちが、スマートに出ていてうまいと思った。

〝寺山から山田へ〟

猫と女は呼ばないときにやってくる。メリメはうまいこと言ったね。甘やかしたので自惚れてやがんだな。モンテルランの『若き娘たち』を読んで、ざまあみろ、という気になったが、これはあんまりひどいので、たとえば「女は〈あのこと〉だけ」って考え方。それなのに「あのこと」を知らないで、僕が女を書こうなんて大それていて、それだけ書き甲斐はあるが――実際上、女を扱えないわけだと思った。『若き娘たち』って変だね。娘はみんな若いよね。

ぼくは病気で入院した。長い病院の生活がはじまったが、ぼくと山田の友情は、いっそう深まっていったかのように思われた。

ぼくは三宮さんにすっかりふられてしまって、病院で書物ばかり読んでいた。

ときどき、だれかを好きになりかけたが、それも本物ではなかったようだ。三宮さんは、どうやら山田を好きになりかけていたらしかった。

（寺山修司青春作品集「ひとりぼっちのあなたに」より）

た。

「寺山修司との皮肉な再会」

一九五八年、山田は、早稲田大学を無事卒業し、難関のエリート映画会社であった松竹に入社。

一方、寺山修司は、病気入院の末、一九五六年、早稲田大学を中途退学。退院は、同じ一九五八年であった。

ところが皮肉なことに、大学半ばで中途退学した寺山は、どんどん世に出て行く。歌集、作品集、戯曲、ラジオドラマと。

「寺山さんは、同級生の友達が急速に偉くなっていってしまう悲しさを味あわせてくれました。」

一九六一年、まだ松竹映画入社三年目の山田は、篠田正浩組の映画『夕日に赤い俺の顔』の一番下っ端の助監督として働いていた。横浜の夜間ロケは本当に寒く、ガタガタ震えながらの撮影で、俳優たちは、近くの団地の集会場で暖をとりながら出番を待っており、山田は撮影現場から走って呼びに行く役目だった。ある俳優の出番となり、山田は、呼びに集会場に飛び込んだ。その彼の目にした光景は、ストーブを囲んで談笑する俳優たち、そして、その中心にいて俳優たちに「先生、先生」と呼ばれている人物は、紛れもなく寺山修司だった。確かに、この作品の脚本が寺山であることは、山田は知っていた。しかし、まさかこんなかたちで会おうとは…。ほとんど寝る時間もなく、小汚い恰好で走り回る一介の下っ端助監督の自分と、脚本家の大先生である寺山。

山田は、声をかけるすべを失った。

寺山もまた、固まってしまって声が出ない。

結局、二人は全くことばを交わすことなく別れてしまった。

「山田太一の弔辞」

榎本了壱は、「二十五年前の寺山さんの葬儀のときの山田さんの弔辞は、淡々と読まれているだけだったんだけど、ドラマの一シーンを見ているようだった。」と言う。

それは、寺山が亡くなるほんの少し前のことを語ったものだった。

「その朝もとても熱があって、やめたら、って言っても聞かなくて、私が、車で送って行くと言っても、どうしても一人で行きたがって…」九條は、その日のことを思い出す。

山田によれば、こうだ。

寺山から、突然、会いに来たいと電話があった。電車で来ると言うから、駅で待ち合わせた。ほとんどの乗客が降りてしまったあと、駅の階段をぽつんと一人、手すりを伝いながら降りてくるのが寺山だった。寺山の病状はもうこんなに悪くなってしまったのかと辛かった。そういえば、寺山は若いころから「俺は、そう長くは生きられない」と口癖のように言っていた。寺山は、家に来ると、書斎を見たいと言った。本棚の並び具合を見て、本を一つ一つ手にとっては、本の話をした。「寺山さんは、一人で電車に乗ることなど、このころはほとんどなかったのだろう。電車が二子玉川まで地下を走って、そのあと地上に出て景色が見えたとき、田園風景が広がるものと思っていたら、近代的な街並みなんで驚いたよ、って言っていた」

山田と寺山は、まるで学生時代にタイムスリップしたように、いろいろなことを話した。寺山は、本当に楽しそうだった。

「山田太一と逢ってきたよ。」翌日、九條は寺山から電話をもらった時、なぜかドキッとした。それが、あまりにも満足げで、思い残すことがないように感じたためだろうか。

それから間もなく、寺山の病状は悪化。とうとう帰らぬ人となった。

山田は、弔辞でこの寺山の訪問のことを語った。

寺山と山田は、最後の最後まで終生の親友だった。

萩原朔美は言う。「欠落したところがあって、初めて本当の家族のかたちが見えるのだろうか」と。寺山は、小さくして父を失い、母だけに育てられた。山田は、小学生の時母を失い、父の手で育てられた。そんな二人は、全く違う方向から〝日本の家族〟を表現し続けた。まるで表裏の二卵性双生児のように…。

第二節
通り過ぎる電車のように

安藤　紘平

我が家の窓から、外を眺めると、庭先の向こうを、小田急線が横切っていく。庭には、大きな桜の木が2本あって、春になると満開の花を咲かせる。室の真ん中には大きなテーブルがあり、色々な食事の皿や、本や、手紙や、新聞が並べられては消える。居間の絨毯の上を一歳になったばかりの弦彦が這いずり廻りそのあたりい一ぱいに、長男の連が作った〝レゴ〟のおもちゃが並べられては、弦彦によって破壊されていく。白いしっくいの壁面は、少しずつ傷つき、汚れ、ドアのノブは、以前と較べると、少し光が鈍くなったようである。

そのどの事象をとっても、かつて色々な個人映画作家が題材にしてきた事柄だ。萩原朔美の『メモリー』に出てくる小田急線、道下匡子の『チェリーブロッサム』の桜、アメリカの『ザ・ルーム』という作品に出てくる室とテーブル、その他、窓も、庭の池垣も、白いしっくいも壁も子供達も、ドアーのノブも、天井にうつろう影も、そして光さえも、何人もの作家によって、様々な型で語られ、映し出されてきた。しかし、我が家の全ての事象の中には私にしかない思いれがあり、例えば、小田急線が一台通過して行く時の振動にしてみても、普通電車か、準急か、急行か、或いはロマンスカーかを微妙に探り当てる能力を、自然身につけてしまった事を考えると、電車が我が家の前を通る時に限って言えば、その時の振動は、他の誰のものでもない私のものだとするこだわりが、私の中にはある。だから、その振動の差異を、何とか他人に説明したいと思うのだが、徒労に終ってしまう事がほとんどなのだ。いや説明する必要が無い事柄なのかもしれない。

プライベート・フィルムを作り始めてから、もう、まる9年も経ってしまった。その間に作った作品が9本。丁度、1年に1本の割合になる。その間に色々な事があったし、経験もした。初めての作品は『オー・マイ・マザー』である。劇団天井桟敷を退団して、萩原朔美・山崎博・榎本了壱等と〝ファミリー・フィルムメーカー〟というグループを作り、その直後の作品であった。そういった意味では、想い出深い作品ではあるが、若かった事もあり、〈電子分解されたテレビ画面の内と外とを交流し、テクノロジーを人間との敵対関係の間の虚構性を暴露する・・・〉と言った、大層な御題目をを主眼にしてこれを含め4作を撮った。そして、自分自身の大した思い上がりにやっと気付いて、この種の作品は止めてしまった。その後、『SONS』、『マイ・フレンズ』、『ワルツ』等違った種類の作品を撮った。今から思えば、どれもが、気恥かしい想い出の日記だった。これまでの作品のいくつかは、賞をとったり、外国に売れたり、良きに付け、悪しきに付け、評論されたが、私が一番好きな『ワルツ』だけは、幸いな事に、賞もとらなければ売れもせず、良くも悪くも書かれなかった。要するに、他人には面白くない作品だったのだろう。それだけに、誰にも汚されなかった愛着が残る。「女を騙して神の怒りを買った船乗りは、真に愛せる女に出逢うまでは、死ぬことも許されず、彷徨い続けなければならない」という、私の好きなワグナーの〝彷徨えるオランダ人〟は赤い靴を穿いて、死ぬまで踊り続けなければならない踊り子のように、甘美で悲しい人生のワルツを踊り続ける。わたしの日記の中では、珍しく、華麗な一頁であった。それもまた、もう遠い遠い想い出のようだ。しかるに私は、今から、何を日記に書こうとしているのだろう。一日が過ぎて、日記を書くのか。日記を書くために一日を過ごすのか、或いは、日記を書いてしまった後で、その通り生きるのか。ある人は、日記に引きずられる自分に気付いて、日記を書くのを止めたと言う。私には、そんな勇気は無く、ただ引きずられるままに、日記と生活の間をたゆたっている。

小田急線が、また窓の端から端へ横切って行く。桜の木から、葉が数枚こぼれ落ちて、その振動を伝える。次男の弦彦は、相変わらず絨毯の上をはいずり廻り、母親の長男を呼ぶ声が聞こえてくる。窓から差し込む陽射しが、白いしっくい壁を照らし出し、そこに残る小さな傷あとへのこだわりを想い起こさせる。どれをとっても映画で見た風景である。いつの間にかスクリーンの中で生活を始めてしまった事が恐ろしい。小田急線が、また、一台、通り過ぎて行く。

『映像の実験』イメージ・フォーラム　一九七八年四月十二日発行（十八―十九頁）

第三章 寺山修司の『狂人教育』草稿

清水 義和

1はじめに 『狂人教育』草稿は何時書かれたか。

人形劇『狂人教育』には草稿と二種類の完成台本が現存する。完成台本の一つは一九六二年十二月号の『新劇』に掲載され、もう一つは一九六五年思潮社から刊行された戯曲集『血は立ったまま眠っている』に収められた。先ず二種類の完成台本は『狂人教育』が一九六二年二月に上演された後に修正して出版された。恐らく草稿が稽古で手直しされ、寺山が台本を校正したものと思われる。

では青森県近代文学館が所蔵する草稿はいったい何時書かれたのか。先ず『狂人教育』公演前の一九六一年十二月には『白夜』の上演があった。時間を計算すると寺山は三ヶ月足らずで『狂人教育』の草稿を書きあげたことになる。だが、寺山がひとみ座の人形劇『マクベス』を一九六二年一月に見て感銘をうけ台本を書いたとすれば僅か一ヶ月で草稿を書きあげた事になる。

実は寺山が僅かの時間で草稿を書いた真偽を解いてくれるのは谷川俊太郎である。「わたくし性の否認」の中で、谷川はラジオドラマを書くとき「寺山の早さはすごかった」と証言している。寺山は短かい人生を人の何倍も速く駆け抜けた。

2寺山修司のマクベスに対する嗜好性

寺山修司は、一九三五年十二月十日青森県弘前市紺屋町で生まれた。父・八郎は東奥義塾英文科出身の警察官で、ハツと結婚し修司が誕生した。家族は父の転勤で青森県各地を転々とした。やがて、八郎は招集で南方のセレベス島へ赴き戦病死した。ハツは生計のため三沢米軍基地で働き、寺山少年は母が持ち帰る新聞雑誌を読んでアメリカ文化に触れた。やがて、母は九州まで出稼ぎに出かけ永く帰らず寺山は孤児同然で過ごした。寺山は父の文才を受け継いだせいか啄木に惹かれ一九四九年野脇中学校新聞に童話「大空の彼方」を発表し、『東奥日報』に詩を投稿して入選した。青森高校では寺山はクラスメートで俳人の京武久美に感化された。寺山は、中村草田男、橋本多佳子、山口誓子の影響を受け、全国詩誌『魚類の薔薇』を編集発行した。また、寺山は俳句雑誌『牧羊神』を創刊して『ｐａｎ宣言（一）』（『牧羊神』ＮＯ・２）で次のように書いた。

これも旧聞に属するが、シェークスピアの「マクベス」をとりあげて中村草田男は『Sleep, no, more』という あの緊迫した一語が作品「マクベス」で言わんとするテーマの一つなのだと万緑誌上に書いたことがある。

寺山は草田男の歌に傾倒しニーチェの超人思想に共鳴した。特筆すべきは寺山が『マクベス』に示した執着である。寺山は“Sleep, no, more”を独創的に読み解き、後年『盲人書簡』で「よく見るために、もっと闇を！」と書き綴った。ここに寺山がマクベスの心の闇をから受けた鋭い痕跡を辿る事が出来る。更に注目すべきは、寺山が実際にシェイクスピアの原文を読んでいたかもしれないのである。後に寺山は『花札伝綺』（一九六七）に「きれいはきたな、きたなはきれい」を『マクベス』から引用する。これは魔女が言う“Fair is foul, and foul is fair." である。

3 歌の別れは寺山のカレイドスコープ世界の始まり

寺山は上京後早稲田大学在学中の一九五四年『チェホフ祭』と題して五十首作り第二回『短歌研究』の特選を受賞した。その後寺山は短歌の剽窃問題に巻きこまれた。寺山は雑誌「青年俳句」(一九五六年〈昭和三十一年十二月〉)の「カルネ俳句絶縁宣言」で「俳句を作るのをやめた」と表明した。だが寺山は「鳥は生まれようとして」(『短歌研究』一九五八年〈昭和三十三年十月号〉)でヘッセの『デミアン』から「生まれようとするものは一つの世界を破壊せねばならぬ」を引用して短歌の様式を卵の殻に譬え「短歌を捨てねばならぬときが当然やってくる」と複雑な心境を露にした。

寺山は『短歌研究』特選の応募で編集者兼選者であった中井英夫の忠告により、タイトルを『父還せ』から『チェホフ祭』に変えた。中井の助言はあったが寺山はチェーホフに惹かれていた。寺山は青森高校の先輩太宰治がチェーホフの『桜の園』が好きで『冬の花火』を劇作したのを知っていた。いっぽう寺山もチェーホフの『かもめ』に関心があり劇中作家のトレープレフが挫折する状況と自分がおかれた屈折した状況を重ね自作の『忘れた領分』(一九五五)で詩人としての己自身を客観的に見ようとしたのではないだろうか。『かもめ』の幕切れでニーナが「私はかもめ」と言いその後トレープレフがピストル自殺する。このテーマは寺山の『忘れた領分』にも姿を現わす。先に述べたように寺山は草田男の影響で超人思想に傾倒していた。寺山が『かもめ』に新しい地平を見たのは幕開きにある劇中劇でトレープレフは「二十万年後を夢に見せてくれ」と言う考え方にあったかもしれない。これは医者チェーホフの眼差しであったが寺山には大いに刺激となったに違いない。

寺山は『短歌研究』の特選受賞後、剽窃事件があった翌年の一九五五年詩劇『忘れた領分』を創作した。劇中青年はピストル自殺して鳥になると主張する。これはトレープレフがニーナを象徴するかもめを殺したため自責の念にかられピストル自殺した場面を思わせる。『かもめ』はリアリズム劇と、劇の中に組み込まれたサンボリズム的な寸劇とで出来ていて、チェーホフは劇中劇を未来の観客に向かい象徴主義を訴えた。寺山は『かもめ』に描かれたエンブレム「未来の観客」に超人思想を認め、自作でニーチェの思想を再構築したのかもしれない。

ところで、シェイクスピアは韻文と散文で新しい劇を作り、イプセンも初期は韻文で劇作したが後期に散文で記述した。寺山の新機軸は俳句や短歌の定型や、印刷の活字に飽き足らず、音声や映像化した言葉に関心が拡がり時空を超えた演劇や映画に可能性を求めた。

年譜を見ると寺山は一九五四年『チェホフ祭』発表の翌年『忘れた領分』を劇作したが、その間ネフローゼ症候群で絶対安静を強いられ、自作の上演に立ち会えなかった。『忘れた領分』を観た谷川俊太郎は「「わたくし性」の否認」の中で『忘れた領分』に感動し入院中の寺山を見舞いに行き交際が始まったと記している。谷川は何よりも寺山を「詩人と呼ぶのが一番ふさわしい男だったと思う」と書き記している。

寺山は病の最中一九五七年第一作品集『われに五月を』(作品社)を一九五八年には『空には本』(的場書房)を上梓した。その後寺山は谷川の薦めでラジオドラマを創作し、一九五九年『中村一郎』(RKB毎日)で民放祭大賞を受賞した。主人公の中村一郎は、飛び降り自殺を図るが鳥のように空を飛ぶファンタジーとなった。寺山は空と鳥が好きで作品には上昇志向が見られる。一九六〇年に寺山は浅利慶太主宰の劇団四季で『血は立ったまま眠っている』を作劇した。次いで、同年、寺山は映画監督篠田正浩の『乾いた湖』の脚本を担当し映画にも進出した。更に、一九六一年十二月には文学座アトリエ公演で『白夜』を創作し上演した。しかも翌年の一九六二年歌集『血と麦』(白玉書房)を公刊した。この間、同年二月人形劇団ひとみ座に『狂人教育』を書くに至ったのである。

4 『忘れた領分』と『狂人教育』の鳥と蝶が意味するもの

詩劇『忘れた領分』（一九五五）と人形劇『狂人教育』（一九六二）では、劇中共通して鳥と蝶が象徴的な役割を果たしている。寺山はチェーホフの『かもめ』と同様に、鳥に関心があり、一九五九年、堂本正樹、島岡晨、河野典生らと集団「鳥」を組織した。詩劇グループ鳥は一九五九年三月草月アートセンターホールで、寺山が詩劇『原型細胞』を劇作し、少年と海の女との恋を綴った。後年、一九六六年、寺山はテレビドラマ『わが心のかもめ』を脚色して、ヒロインの千江が自殺する場面をダミアの詩の一節「海で死んだ人は、みんなカモメになるのです」を例に引いて放映した。

寺山が青森高校時代から『マクベス』に関心があったことは先に触れた。『マクベス』の中で、マクダフ夫人と息子はマクベスが放った刺客に暗殺される。その直前に、マクダフ夫人の息子は「小鳥のように生きていくよ、母さん」と吐露する。もし仮に、マクダフ夫人の息子が語る鳥の喩話を、『忘れた領分』の鳥や『狂人教育』の蝶を比べると、鳥と蝶は、いわばこの世とあの世を繋ぐ架け橋を象徴しているようだ。『忘れた領分』の中で、青年は次のように訴える。

青年　さあ、僕の死後、僕が鳥にならないと言えるやつがいるか。見えないものが見えるものに勝つのは、死のすぐ前だ。鳥の故郷。そして鳥のおまえ。

また、ハムレットは劇中「雀が一羽落ちるのも天の摂理」、「肝心なのは覚悟だ」と独白する。しかも、ハムレットは目に見えない「雀」を引き合いに出す。また、ハムレットは「死は眠ること、そして夢を見る」と語を継ぐ。いっぽう、寺山は、鳥や蝶が象徴する死の世界を夢の世界に読み替えた。『狂人教育』に出てくるカラスアゲハ蝶は一九六七年寺山の『毛皮のマリー』にも再び現れ、欣也少年が蝶を部屋に閉じ込め、自分も部屋に封じ込もる。明らかに『毛皮のマリー』は『忘れた領分』や『狂人教育』から発展した作品である。

5 『狂人教育』の草稿と上演台本、リアリズムから詩劇へ

『狂人教育』の草稿は稽古に入ってから、恐らく演出家や人形師たちによって舞台に合わせて次々と変更されたものと思われる。状況は違うが、筆者は二〇一二年九月結城座が上演した天野天街脚色人形劇『ミス・タナカ』の英語訳を担当した。上演前の稽古中に天野の台本はかなり手直しされた。そして本番でも更に台本は変更されていた。このプロセスをみていると、或る意味では筆者が英訳した天野の台本は、寺山の『狂人教育』の草稿と似たものだったのではないだろうか。だがもっと驚くべきことは、寺山は上演一年後修正台本に手を入れ『新劇』に発表し、更に三年後その台本を清書して思潮社から出版したことだ。

つまり、この三種類の『狂人教育』の台本から分かってくることがある。先ず、稽古場の臨場感である。だが、稽古の時、次々と変わる台詞を後で清書する苦労は並大抵の仕事ではない。殊に、寺山は、詩作、ラジオ・テレビ・映画台本を現在進行形で執筆し、同時に過去に遡って台本を推敲し修正し清書したのだから、まさに奇跡的な早業だったに違いなかった。筆者は前進座でプロンプターをした経験があるから台本修正の苦労は痛いほど分かる。おまけに、寺山の数多くのラジオ・テレビドラマの音源は保存されているが『鳥かごになった男』『犬神歩き』『箱』など多くの台本は散逸している。しかし『狂人教育』の台本が三種類現存するのは、恐らく、寺山はこの人形劇が気に入り近い将来再演したい意欲があったからだと思われる。

寺山が『狂人教育』の台本を三種類残したおかげで、われわれは今日寺山が『狂人教育』の草稿から研磨し推敲して完成台本に仕上げていく行程を辿ることが出来る。ところで、草稿では登場人物の蘭が家族に暗殺されるのを暗示したままで終わる。

家族たちあっけにとられてみているが　嬉しそうな表情。
やがて一斉に
鉛筆をとり出し、
蘭を見ながら投票用紙に
名をかきこむ。
蘭の名である。
（たゞし、みんな少しずつ、この歌の調子よさにうかれだして
なかなかうまく字がかけない）
そのうちに人形使いたちのいる場所からも
コーラスに和す声がしだし
人形使いたちも立ち上がって歌に和しはじめる。
したがって
家族の人形は一つづつ〈たゞの人形〉にすぎなくなり、蘭だけがいきいきと踊り、
コーラスがスタッフ全員によって盛大にうたわれる。

右記の草稿の結末には、蘭の殺人事件の結末が示されていない。いっぽう、一九六二年〈昭和三十七年〉十二月号の『新劇』に掲載された完成原稿の上演台本は終幕で家族が一塊の化物に合体して、斧で蘭の首をはねる。完成台本は草稿の散文詩的傾向から上演にふさわしいドラマツルギーに変わり、結末は次のように劇的になった。

それから一斉に鉛筆をとり出して、蘭を見ながら投票用紙にひとつの名をかきこむ。勿論、蘭の名だ。と、突然その名を書きながら、同じ手つき、同じ表情の人形たち、しだいにくっつき、ねじれあって同化

して、一つの人形になりはじめる。鷹司もマユも祖父も祖母も、みんな一つの人形に溶け、くっついてグロテスクな人形の変身が行われるのだ。

やがて、全員の顔と手をそなえた「家族の」人形が、出来上がるやさっきの巨大な斧を手にして舞台一杯に一振りする！

ちぎれて飛ぶ欄の首！

壁に象徴のようにくっつくその首！

しずかにテーマのMがきこえてくる。

「家族の」人形、その首を仰ぐ。


今一度繰り返すが、草稿では蘭の殺害はなく諷喩だけがある。だが完成台本では蘭の殺害がある。たまたま『新劇』版『狂人教育』のこの箇所のト書きは、思潮社版と同じト書きとなっている。つまり『狂人教育』の第三稿ともなると訂正はディテールに限られたようだ。

ところが、蘭は死んだ筈なのに蘭の声が聞こえてくる。というのは、前記のMの記号は音楽を表わしており、Mは録音だと思われる。つまり、蘭の声がテープレコーダーから聞こえてくるのである。寺山は『狂人教育』の草稿とは異なり、完成台本では、生の声とテープレコーダーの録音に分け、生の声はこの世をテープレコーダーの録音はあの世を表わした。

あたしは　あたしの　うたうたう
あたしは王様
ゴーイング、マイウエイ
ゴーイング、マイウエイ
ひとりぼっち、マイウエイ

ところで、劇中にある歌詞の中で一か所だけ蘭は自分のことを「あたしは王様」ではなく「はだかの王様」と言い表している。実は、寺山は『狂人教育』公演の二年後劇団四季のこどもミュージカル『はだかの王様』(一九六四)を作劇した。寺山の『はだかの王様』がユニークなのは、想像力の貧しい子供には王様が身につけている雨の滴の糸で縫いあげた衣装が見えないと著しているところだ。

こうして比較してみると蘭が「あたしは王様」というとき、寺山が型のはまった制服を着たがる想像力の乏しい家族を戯画化していることが分かる。しかも、二年後に寺山は『はだかの王様』を書き、丸裸の王様を見て笑う想像力の乏しい子供が「王様は裸だ」という姿を逆に笑いとばした。だから、「はだかの王様」とは、実は純な赤子の心の蘭自身の姿でもあり、また身体が不自由な蘭は、哀れなはだかの王様の姿でもある。

さて、『狂人教育』の眼に見えない蝶や『はだかの王様』の眼に見えない衣装には、先行作品があった。團伊玖磨の『夕鶴』(一九五二)は鶴が羽で織った布があり、更に林光の『裸の王様』(一九五三)は詐欺師が眼に見えない糸で織った服があり、子供は「王様は裸だ」と王様を笑う話になる。ところが、寺山はどんでん返しにして透き通った雨粒の衣装を作った。それらと比較してみると、寺山には詩的な創意工夫が見えてくる。

先に寺山の『マクベス』評で述べたが寺山は目に見えないものをもっとよく見る事に拘った。後に寺山は自作の『盲人書簡』(一九七三)を書き下ろした。ディドロが『盲人書簡』で述べているように盲人は闇の世界を計測するもう一つの眼を持っている。盲人のもう一つの眼とはガリレオが望遠鏡を使って暗闇の宇宙を見るのと同じ原理である。ガリレオは夜空をもっとよく見ようとして裸眼以外に、もう一つの眼、望遠鏡を発明したのである。だから、寺山が言う想像力とはもう一つの眼である望遠鏡で、暗闇の宇宙を見ることだといってもよい。というのは、盲人はもう一つの眼である杖を使って闇の世界を歩く。盲人が暗闇の中でものが見えるのは、杖で計測しながら、同時に、想像力―触覚、匂い、味、音、感覚などの五感をフルに働かせて闇の中を歩くからだ。だから寺山の想像力は空想だけではなく、科学技術の精華を集めて作った望遠鏡であったわけである。われわれは、現在宇宙の奥は裸眼で見えないので、ハッブル宇宙望遠鏡を使って、映し撮った映像を、CGを使った合成画像で仮想現実（バーチャル）として見ている。つまり、寺山がもっと見ようと想像力を膨らませて作った王様の服は雨の糸で編んだ布であり『狂人教育』の見えない蝶もアニメのようなCGを使った仮想現実で見ることが可能である。森崎偏陸氏によると日生劇場映画製作による寺山修司脚本を鑑賞した際『はだかの王様』のアニメーションで雨の糸を見たという。

白い画面に、線が一本おりてくる。

さて、寺山は、『狂人教育』上演の前年一九六一年文学座アトリエ公演に『白夜』を書き下ろした。実は、寺山は、演出の荒川哲生から次のように批判された。

『血は立ったまま眠っている』式のものは、僕にはダメだよと言いました。君の詩がもっと写実劇に生かされているようなものであれば、是非やらせてもらうと言ったものでした。

その結果、寺山がリアリズムで創作したのが『白夜』であった。だが、寺山はリアリズムで劇化した『白夜』に不満が残った。

その後、寺山は一九六四年詩集『田園に死す』（白玉書房）で、母殺しのテーマを書き著し、後年一九七五年映画『田園に死す』で母殺しを今度は映像化した。むろん、寺山の現実の母は生きていた。この映画の中で「私」は、想像力で母に殺意を懐き続けるが、結局母を殺害出来ないで終わる。寺山がリアリズムでなく想像力によって時空を超えたバーチャル（仮想現実）に近づこうとした意欲がこの映像から読み取る事が出来る。

こうした変遷を辿っていくと、『狂人教育』の草稿から完成台本へと変わっていく中で、寺山は『狂人教育』を推敲しながら、リアリズム演劇からメルヘン風な詩劇に変わろうとしていた。寺山の元夫人・九條今日子さんが、常々語ったことがある。

寺山は、劇を毎回上演する度毎に台詞を書き変えました。

6 ロルカの詩劇『血の婚礼』が寺山の人形劇『狂人教育』に影響を与えたもの

寺山が、『狂人教育』の冒頭にガルシア・ロルカの詩を掲げた理由は、寺山がこの人形劇『狂人教育』を詩劇として考案していたことが分かってくる。

ロルカの『血の婚礼』は詩の挿入が多いが、寺山の『狂人教育』に挿入された詩も、写実を避けてメルヘンの世界に誘うように見える。

あなたの夢の番をするため
私は裸で眠るんだわ、森の様子を
うかがいながら
牝犬ででもあるかのように

寺山は一九七四年『牧神』(マイナス二号)に書いたエッセイ「黙示録のスペイン―ガルシア・ロルカの死学」の中で小海永二訳の『血の婚礼』第三幕第二場から「燈心草のざわめきと、囁く歌の中」を引用しながらこの詩劇の中で死んだ花婿は生きていると見極めた。更に、寺山は花嫁を奪ったレオナルドを死に神と解釈しその死に神が花婿の命を奪ったと考えた。そして次のように纏める。

この世には生と死があるのではなく、死ともう一つの死があるということを考えない訳にはいかなかった。死は、もしかしたら、一切の言語化に潜んでいるのかもしれないのだと私は思った。なぜなら、口に出して語られない限り、「そのものは、死んでいない」ことになるのだからである。

右記のエッセイで寺山が『血の婚礼』について意味深長な解説をしている。なぜなら登場人物を生の役者としてみるかぎり寺山の解釈は解読できないからだ。だが、登場人物を生の人間でなく死んだ人形に置き換えると分かり易くなる。つまり、死んでいる筈の人形は人形師が台詞を付けて動かすと物にすぎない人形が生きているように見えてくる。もしかしたら、寺山は生と死の『血の婚礼』を死と死の人形劇にすればロルカの死に対する考えが鮮明になると考え、人形劇『狂人教育』を創作したのではないだろうか。

『狂人教育』は人形劇でリアリズムではない。寺山は荒川哲生に「リアリズム劇を勉強しなさい」という忠告に従い『白夜』を著した。だが、結局「リアリズム劇」に不満が残ってしまった。しかし遂に寺山はリアリズムの殻を破って人形劇『狂人教育』を劇化したのである。しかし『狂人教育』で人形を操っている人形操り師はリアリズムを表わしている。しかも『狂人教育』には人形と人形師が同時に舞台に登場する。

ともあれ寺山は思潮社版のあとがきで『狂人教育』を俳優ではなく「人形で上演してもらいたい」と断わっている。ここにこそ、寺山の人形劇『狂人教育』の創作意図を読みとることが出来る。もし寺山が生きていたら、恐らく流山児事務所の『狂人教育』ではなく、ひとみ座か結城座の人形劇団が『狂人教育』を上演するのを願ったと思われる。

寺山が人形劇団ひとみ座と関わった理由の一つは、先ず谷川俊太郎の尽力のおかげである。寺山は谷川俊太郎と岩田宏の三人で組んで、岩田宏が『脳味噌』、谷川が『モマン・グランギニョレスク』、寺山が『狂人教育』を創作した。先に触れたが寺山は『狂人教育』を書くに至った主なる理由は、ひとみ座が上演した『マクベス』(一九六二年一月十三日)の巨大な目を観て「劇団に人形の家第6回公演パンフレット」で次のように論評している。

見た目はまったく等身大のように見えながら、その内部の空間がまったく等身大を倒錯しているところが清水浩二の人形劇をはじめて見たときからの驚きだった

舞台にはシュールな〝巨大な目〟が象徴的にマクベス夫妻を見降ろす工夫がしてあった。疑いなくこの短い評から寺山が執筆当時の自身の動機を窺がうことが十分できる。高校生の頃『牧神』二号で〝Sleep, no, more〟を強調したことを思い出していたのではないか。〝Sleep, no, more〟とは眼を瞑ってはいけないのである。

寺山は後年『狂人教育』の続編『邪宗門』（一九七二）や『中国の不思議な役人』（一九七七）を書き上げ劇中人形と人形操り師としての黒子の間に生ずる煩悶や人間即人形の葛藤をドラマ化してみせた。

レーモン・ルーセルが『アフリカの印象』を一九一二年アントワーヌ座で上演した時、万座の失笑をかった。だが、前衛芸術家のマルセル・デュシャンはルーセルの劇に新機軸を見て激賞した。後年、寺山はルーセルやデュシャンの前衛芸術に影響を受けて創作したドラマ『奴婢訓』（一九七八）で人間ハンガーの機械を現わして上演した。

また寺山はハンス・ベルメールや四谷シモンの人形やゴードン・クレイグの「俳優と超人形」やカレル・チャペックの『ロボット』にも関心があった。

7『マクベス』の鳥と『狂人教育』の蝶は繋がっている

寺山は、人形劇『狂人教育』（一九六二）を上演してから四年後、『人魚姫』（一九六六）（人形劇団人形の家）を劇作した。デザインは宇野亜喜良、人形師は辻村寿三郎であった。同年、寺山はＮＨＫ総合テレビドラマ『わが心のかもめ』を書き下ろした。劇中、加藤剛の扮する潔が吉永小百合が扮する千江に、自分の気

持ちを人形に託して語らせている。寺山は、リアリズムでは伝えられない人間の心理を人形に託して若い男女の心を互いに交わそうとした。これは、『マクベス』でマクダフ夫人とその息子が不条理な死が耐えられなくて鳥に託し、自らの心情を吐露する場面と相似形を成している。しかしながら、シェイクスピアの鳥は自然界の鳥であるが、少なくとも寺山の鳥は死んだ無機質な機械人形である。

この当時、寺山は生のリアリズム演劇ではなく人形劇や映画に関心が移っていく時期であった。殊に、寺山はドラマ『さらば映画よ』（一九六八）の舞台上で、生の俳優が光媒体になりリアルな肉体とは違う要素を求めた。例えば、舞台で生の俳優は殺害できない。だが、人形や光媒体となった映像は生の俳優以上に、血生臭い場面を表現することが出来る。流山児事務所は、生の俳優を使って『殺人教育』を上演したので、俳優たちは必ずしも人形が持つ時空を超えたドラマを構築出来たわけではない。

寺山は、『狂人教育』で、生身の猫さえ、紙の切り絵にして描き、鋏で切り刻んだり、紙の猫にミルクを与えたりした。この傾向は、後年寺山が書いた『中国の不思議な役人』にも再び見られた。こうして、生の人間から人形を経て機械へと関心が移り『奴婢訓』ではメカニックな舞台を作りあげた。

さて、『狂人教育』冒頭のロルカの詩は『血の婚礼』第三幕第一場からの引用である。花嫁は既婚者のレオナルドに言う。

裏切りが血の婚礼へと向かっていく

『狂人教育』には、レオナルドは登場しないが、レオナルドに相当するドクトルが象徴的に毒（＝ドク）となって親子の間で血生臭い粛清を行う。ここには、『血の婚礼』の影響が見られる。

いっぽう、『血の婚礼』の第三幕第一場では、月を擬人化した登場人物の一人が現れる。月は白い顔をした若い樵の姿をしている。『狂人教育』の幕開きでは、紙で出来た月を黒子がマッチで点火する。

寺山は、当時不治の病であったネフローゼ症候群に悩まされ死と直面していた。もしかしたら、寺山は『血の婚礼』のレオナルドに死霊を見て、『狂人教育』のドクトルが家族にもたらす死のイメージを考えついたのかもしれない。殊に、死が差し迫った状況を最初から死んだ人形を通してあくまで死を客観的に劇化しようとした。

前にも触れたが、寺山は『血の婚礼』の日本語訳ばかりか、英・独・仏訳などを参照して、『血の婚礼』を読んでいたのではないだろうか。実際寺山と谷川はトーマス・マッカラムの『マザーグース』の翻訳で議論した。また、当時文学座の演出家であった荒川哲生はアメリカに留学しワシントン大学で教鞭をとり、ジョン・オズボーンの『怒りを込めて振り返れ』、ウジェーヌ・イヨネスコの『犀』、エドワード・オールビーの『動物園物語』を翻訳、演出して寺山と演劇論を戦わせた。寺山が荒川と議論する為には原文を読んでおく必要があった。

寺山はネルソン・オルグレン選集（新書館）の『朝はもう来ない』などの翻訳を試み雑誌『映画芸術』（一九七四年八月～九月）に広告を掲載した。晩年寺山はトマス・ピンチョンの『V.』に惹かれ『競売ナンバー49の叫び』を試訳した。ピンチョン『V.』の影響を受けて書いた『壁抜け男―レミング』が遺作となった。だが、死の直前迄何故翻訳に駆り立てられたのか。恐らく寺山は荒川との論戦に負けたくなかったからではないか。すると、もしかしたら『狂人教育』も寺山がロルカの『血の婚礼』を原文にあたり読解から生まれたのではないか。

『狂人教育』の音楽は山本直純が担当した。ほかにも、山本は寺山の劇作品を『狂人教育』から『いつも裏口で歌った』『もう呼ぶな、海よ』『夕陽に赤い俺の顔』人形劇映画『こがね丸』『わが心のかもめ』『田園わが愛』など数多くの音楽を担当した。

『狂人教育』の登場人物の父はベルリオーズの『幻想交響曲』が好きだ。この曲では主人公が断頭台の露となって消える。つまり、音楽が『狂人教育』の結末の死を暗示している。

ここで再びドラマに戻ると『狂人教育』の家族には父はいるが母がいない。また寺山の他の映画作品『書を捨てよ、町へ出よう』の疑似家族にも母がいない。『身毒丸』（一九七八）には継母がいるが実の母親はいない。その理由は恐らく寺山が少年時代不在だった母を劇や映画の中で抹殺したからであろうか。それとも、母の不在によってむしろ反対に母の存在が増すという逆説を知っていたのかもしれない。

『狂人教育』の中で父の前に現われる兄の亡霊はハムレットの父王の幽霊を思い浮べてしまう。しかし『狂人教育』冒頭のロルカの詩は『血の婚礼』からの引用であり『血の婚礼』に出てくる乞食（＝死）は死霊でもあるわけだから、むしろこの乞食（＝死）の方が『狂人教育』に出てくる父の兄の亡霊に似ている。

或いは『血の婚礼』には樵が三人出てくる。樵は斧を持っている。もしかしたら、斧をもった樵は蘭の家族が一体となって蘭の首を斧ではねた化物の原型かもしれない。

実は、シェイクスピアの『マクベス』の最後はマクベスの首がマルカムに届けられたところで終わる。そもそも、マクベスは魔女の「良いは悪いで悪いは良い」の呪文の毒を浴びて気が狂う。『狂人教育』では蘭の首が飛ぶ。魔女に相当するのはドクトルであるが改稿ではドクになり毒を象徴していた。

マクベスは魔女の呪文に惑わされダンカン、バンコォー、マクダフ夫人と子供を次々に殺す。ところが、『狂人教育』ではマクベス夫婦のようにではなく家族全員がドクトルに催眠術をかけられる。しかも、殺されるのは蘭独りである。もし、家族が皆狂気のウイルスに感染しているなら全員が撲殺されねばならない。ところが可笑しなことに一人殺せば家族は皆救われるというパラドックスに誰も気がつかない。この矛盾は家族全員気が狂っている証拠である。言い換えれば、この矛盾が引き起こす悲劇は一種の魔女狩りであり集団妄想でもある。その結果、蘭はスケープゴートにされ、家族はお祭り騒ぎで一過性の狂気により蘭を生贄にするのである。少なくとも、寺山にはこの愚劣さを笑い飛ばすユーモアがあった。寺山は蘭と同様に「はだかの王様」をスケープゴートにした、世間の集団妄想を逆さまにして笑った。

8 おわりに　様式美を破る寺山の人形劇

草稿『狂人教育』は蘭の死を暗示して終わる。いっぽう、二つの完成台本『狂人教育』では蘭の首を家族が一体となった化物が斧で切って終わる。人形劇としては暗示と事件とではどちらがよいのだろうか。

先に述べたように、寺山はロルカの『血の婚礼』を「この世には生と死があるのではなく死ともう一つの死がある」と解釈した。寺山は人形劇『狂人教育』の完成台本で死んだ人形を使って殺人事件を引き起こした。むろん死んだ人形は二度死なない。不死だからだ。何も事件は起こらない。だが恐怖と滑稽が残り極限状態にあるドラマが生まれた。実は何も起こらない恐怖は既に草稿の『狂人教育』にもあった。草稿では事件は何も起こらない。結局リアルな殺人事件よりも夢の中の不明瞭で底なしの曖昧な暗示の方が何かが起こるという恐怖を引き起こすのである。

寺山は死んだ物にも〝不死〟のにも命が眠っていると考えた。寺山はミルチャ・エリアーデの「エクスタシー」に注目し、ドラマは「エクスタシー」が間欠泉のように恐怖を突如噴き出して生まれると考えた。

実は、恐怖が生じるドラマは既に草稿の『狂人教育』にも仕掛けられていた。しかし、草稿では死んだ人形が人形の死を仕掛けたまま終わってしまう。だから恐怖も「エクスタシー」も不発に終わる。

それにまた寺山は一生眼に見えない鳥の恐怖を描き続けた。寺山は『邪宗門』の結末で「どんな鳥だって、想像力より高く飛べない」と云う。『狂人教育』の蝶も姿が見えない。けれども想像力が引き起こす恐怖によって不安を感知することはできる。人形の蘭の首が蝶のように飛ぶ完成台本では寺山が考える想像力と恐怖が「エクスタシー」となって心の間欠が生まれる。

古典芸能では人形浄瑠璃が歌舞伎となり型や約束事ができて様式美が生まれた。だから寺山の人形劇から役者が演じる芝居が出来ても不思議ではない。だが『狂人教育』は生の役者が人形の死を演じると滑稽な不自然さが残る。

というのは、寺山は「生と死」ではなく「死と死」によって不死（＝心の間欠）を生む異質なドラマを造ったからだ。

たとえば、機械人形と同じ仕組みでできた映画『田園に死す』も死んだ無機質な機械のスクリーンでできている。

つまり、機械仕掛けのスクリーンの死の世界に人間の代理人である光媒体が移り住むと、映画は「死と死」で不死となり、映画の中で永遠の命が生まれる。

映像作家の安藤紘平氏は『アインシュタインは黄昏の向こうからやってくる』（一九九四）を寺山から無意識に影響を受けて映像化したと述懐し、『田園に死す』はアインシュタインの『相対性理論』で制作されたと指摘して、主人公はアインシュタインが予測したタイムマシーンに乗り、時空を超えて過去に遡り母殺しを繰り返し、繰り返し、ぐるぐる回って永劫回帰となると言明する。

しかしいったん映画の中に入り人間の代理人となった映画の住民は二度とこの世に戻ることができないとも披瀝する。

だから寺山の人形劇『狂人教育』は人形浄瑠璃から歌舞伎に戻る遡及性がない。

草稿の『狂人教育』は蘭の殺害を暗示したまま終わるので写実劇『白夜』の残像がみられる。

だが完成台本の『狂人教育』では殺害が不可能な人形を殺した結果心の間歇が蘇り死を超越した命が生まれたのである。

これまで『狂人教育』を上演してきた劇団池の下や劇団☆Ａ・Ｐ・Ｂ―Ｔｏｋｙｏや流山児事務所は生の俳優が人形の代役で死を演じた。

仮初にも生の俳優が『狂人教育』を上演するのであれば、むしろ写実味が残る草稿の方が相応しいだろう。流山児事務所の『狂人教育』チラシには草稿の最初の頁が掲載されている。

ひとみ座の人形劇公演以後、劇団池の下や劇団☆Ａ・Ｐ・Ｂ―Ｔｏｋｙｏや流山児事務所による『狂人教育』公演があり、人形の代わりに生の俳優が仮死状態を演じた。しかし元々、完成台本の『狂人教育』は生の役者でなく寺山が新機軸を求めて造った機械人形が心の間欠によって永遠の命を演じるのだから、ひとみ座や結城座がそのような人形劇を上演することが望まれるのである。

第四章

寺山修司の子宮回帰

清水 義和

一九六二年、初めて寺山修司の名前を知ったのは、私が高校生のときであった。東京芸術大学の松本民の助先生が「今、日本には二人の怪物がいる。一人はべ平連の小田実で、もう一人は前衛劇詩人の寺山修司だよ」と話してくださった。クラシックの作曲家から耳にした「寺山」は事件だった。後になって一九七三年シェイクスピア学者の安西徹雄先生から「寺山は日本の小劇場運動の礎を築いたね」とお聞きした。その後一九八三年寺山は闘病の末、肝硬変で亡くなった。

それから一九九四年にロンドン大学でD・ブラッドビー教授から寺山の名前を聞いた。「今、ロンドンで話題になっている日本演劇は、寺山修司、蜷川幸雄、鈴木忠志だね。日本の前衛劇作家寺山を研究しないか」と。

ロンドン大学図書館には寺山の文献がP・ブルック、グロトフスキ、マヤコフスキー、ブレヒトらと並んでいた。寺山が前衛的で土俗風な海外公演『奴婢訓』を紹介する記事が、雑誌『テー・ディー・アール』（*TDR The Drama Review*）や『タイム・アウト』（*Time Out*）に掲載され、しかも寺山がロシア・アヴァンギャルドのマヤコフスキーを脅かす日本のアヴァンギャルドである事を知って眼から鱗が落ちた。

その頃ロンドン大学の学生がクルト・ワイルの『モリタート』をよく歌った。或る夜ロンドンのドンマーシアターでブレヒトの『三文オペラ』を観劇中にこの曲が流れた。その瞬間、まるで無頼漢のマッキースが猛烈な勢いで襲ってきた感じがした。このしびれる様な陶酔は例えるならアントナン・アルトーが『残酷演劇』で言う〝ペスト〟に感染した思いであった。だがブレヒトから媚薬のようにむせかえるエロスを胸いっぱい吸い込むと、この魔術的感覚は寺山の見世物的な舞台劇詩『盲人書簡』のプロローグを予感させた。

帰国してから寺山を知る人たちにお会いした。九條今日子さん、萩原朔美さん、安藤紘平さん、森崎偏陸さん、J・A・シーザーさん、新高けい子さんらと知りあった。萩原さんからは世田谷文学館で「寺山さんの『田園に死す』はあの世からこの世を見ているんだよ」とお聞きし、更に「寺山さんと母ハツさんの関係は私と母（葉子）の関係と似ていると思う」と、個人的な思いを伺った。「寺山さんの芝居を寺山さんの母子関係といった型に嵌めて論じる人が多い」という誤解も知った。また萩原さんはエッセイ（『寺山修司研究』2号所収）で「寺山さんは私の家に来たことがあり、・・・私の部屋を見て嬉んだ」と書いている。そこからは『毛皮のマリー』の欣也が、寺山の鋭い感性から萩原さんのイメージを濾過して生まれた経緯を知ることができる。萩原さんは寺山とフランクフルトやニューヨークで『毛皮のマリー』を公演し、寺山とS・ダリの『レイン・タクシー』やM・デュシャンやナムジュン・パイクらの関係を調べ、祖父萩原朔太郎の感性で寺山の俳句や短歌も批評したりした。

二〇〇六年五月寺山と密接な関係のある萩原さんの協力を得て寺山の俳句・短歌や前衛的で土俗風な演劇を研究する国際寺山修司学会を設立することになった。

さて寺山の上演台本は何も語ってくれない。寺山は「ドラマは半分役者が作って残りの半分は観客が作る」と述べたが、この点から見ると寺山はローレンス・オリヴィエの英国伝統演劇「ドラマは半分俳優が作り残りの半分は他の俳優たちと一緒に作る」と似ている。寺山は最初俳優たちのワークショップを見てから台本を書き、その後その台本をもとに、役者たちが即興的に喜劇の肉付けをした。しかし重要なのは、寺山の台本には詩があることだ。寺山の詩には韻律があり、そのリズムが運命的な事件と遭遇し、悲劇が生まれる。

『田園に死す』では、化鳥が嵐と心中するとき、「母さん、もう一度あたしを妊娠してください」と叫ぶ。こには、ロミオとジュリエットの運命的な恋と似た詩がある。

元天井桟敷の新高けい子さんの巫女的な演技は、天にいる寺山の声（韻律）が新高さんに憑依して聞こえてくるようだ。新高さんの呪術的な演技はシェイクスピアの『マクベス』に出てくる魔女を思わせる。新高さんは「シェイクスピアと寺山さんは詩人ですね」と言う。けれども四百年前のシェイクスピアの声を聞いた人は誰もいない。だが寺山を知る人は大勢いる。それに寺山が残した映像から、ドラマの再演や記録まで寺山の痕跡を解析することは可能である。

寺山の劇は市街劇『人力飛行機ソロモン』『ノック』から密室劇『奴婢訓』『疫病流行記』『阿呆舟』『阿片戦争』『盲人書簡』にまで跨っている。寺山の市街劇では、観客は劇場から外に出てスクリーンの映像を雲やビルの壁に見る。すると忽ち現実は白日夢と化して、アンディ・ウォーホルが『マリリン』に象徴した〝万人がスター〟からラスコー壁画の鳥人間まで見晴らすことになる。

いっぽう寺山の密室劇は、市街劇に比べると一見密封した真空のように見える。だがこの密室劇には、逆転装置が仕掛けられている。ドゥニ・ディドロの『盲人書簡』を読むと、盲人の方が目明きの人間よりも世界を詳細に見ている。つまりブレヒトが書いた『ガリレイの生涯』のガリレオのように盲人が望遠鏡で宇宙を測定するのに比べると、目明きの人間が見る青空は宇宙のほんの一部に過ぎない。実はわれわれは、青空のカーテンの向こう側の真実を見ていない。だからわれわれが青空だけを見ていると、中世暗黒時代の人間が、宇宙は地球を中心に回っていると信じた時代と変わらないことになる。この逆転に気づくと、何故寺山の舞台が暗いのかという謎が解け、闇の底が浮んで見えてくる。

太陽を見つめると、眼が眩み何も見えなくなるのとは反対に、サイモン・マクバーニーが演出した谷崎潤一郎原作『春琴』の暗がりは、眼が闇に慣れると闇の奥まで見えてくる。つまり、観客は現代劇の照明とは逆に暗闇を眺めることになる。歌舞伎は客席が二百人位の小劇場で、しかも蝋燭の灯りだけで見ると、闇の底が浮かんで見える。このほの暗い灯りの中で寺山の『邪宗門』を見ると、能と似た幽玄の世界が姿を現す。

私が『邪宗門』を英訳したとき、ほの暗い舞台の中から、寺山の俳句や短歌や七五調のリズムが聞こえた。

「言葉が死ぬときめざめる世界よ」

このカール・クラウスの言葉をヘルベルト・マルクーゼが『エロスと文明』の中で引用している。更に寺山はこの言葉をコラージュして寺山版『星の王子さま』に使い、そしてその言葉をカオスのような子宮に向って投げつけ、遂に想像力の世界を目覚めさせた。こうして寺山はコペルニクス的転換を遂げ、それまで見ていた画餅の舞台を崩して、その奥に広大な宇宙を現した。サン＝テグジュペリの『星の王子さま』はファンタスティックな宇宙であるが、寺山はその幻のベールを剥いで、その向こう側にある無限の広がりを見せた。しかも、その薄暗がりにある宇宙の果てには、もしかしたら子供が子宮にあった頃のエロスの故郷があるかもしれない。

寺山は子宮回帰に執拗に拘り続けた。例えば『田園に死す』では化鳥が「母さん、もう一度あたしを妊娠してください」と言い、『身毒丸』ではしんとくが「母さん！もう一度、ぼくをにんしんしてください」と言う。これは永井善三郎の「母だけへの遺書」を暗示しているように見えるが、むしろ寺山は子宮回帰に焦点を絞り、母と子の絆によってのみ可能な再生を試みた。寺山が関心を懐いたミーチャ・エリアーデは、『神話と夢想と秘儀』の中で、地母神は、地中にあって生命を宿し地面の中から子宮に入り子供を産むと述べている。

「母親は大地の胎内での生命の出現という初源的な行為を模倣し反復する」

と、エリアーデは言う。これを寺山は知っていて子宮回帰に拘ったのではないだろうか。また寺山は母が一人しかいないがもう一人の母に拘る。つまり寺山の『身毒丸』や『草迷宮』を見ると母が二人いる。要するに寺山には育ての母と死んだ産みの母がいるらしい。子供は子宮にいたとき命が母と繋がっていたが、命を繋ぐ臍の緒が切れ、あの世の母と別れ、この世に生まれ育ての母と会う。ところで子供が子宮にいた頃、母の唄を言葉でなくリズムを聞いて母と子供が繋がっていた。だから子供は子宮という名のあの世の母と別れて、この世に誕生し育ての母と巡りあうが、その後も唄のリズムが記憶の底に眠っていて、この世に生まれてからも、時々忘れていた唄が目覚めるのであろう。

『草迷宮』では明少年はどこか彼方から聞える唄を求めて女人を探す。どうやら彼方とは子宮の事らしい。かつて明は子宮で母と繋がっていたが、この世に生まれたとき、絆が切れ子宮へ戻ることが出来なくなる。明は子宮に居た時母と一体であったが、この世ではその母との絆を二度と取り戻すことが出来ない。

さてエリアーデが紹介するシャーマンは、修行によって一度死んでから性的なエクスタシーを経て再生する。もしかしたら寺山の明も、子宮回帰によって母と子のエロス的なエクスタシーが突発し再生するのではないだろうか。例えば『毛皮のマリー』の結末で、マリーが宇宙の彼方に向って欣也に呼びかける。すると、欣也は妖精パックのように戻り、マリーの手助けによって女装し、美少女に変わる。肝心なのは欣也が煉獄の苦しみを経て不思議な力を持った存在（寺山は「俳優は現代のシャーマンだ」と言っている）に成り、象徴的な意味で蛹から蝶が生まれる。またこれは不思議な力を持った芸術家シャーマンが再生するときに、母と子のエロス的な儀式が重要であることを象徴しているのかもしれない。

一九七〇年『毛皮のマリー』のニューヨーク公演のとき、ドン・ケニーは美少女ではなく、欣也が死にその後で復活すると英訳し、キリストの死と復活を暗示した。ケニーはキリストの死と復活がシャーマンの生と再生と幾分似ているので改作したのだろう。だが寺山が『毛皮のマリー』に書いた欣也の再生は、古い起源があるシャーマンの再生に近い。何故なら欣也は夢魔のような美少女（蝶）を殺しその罪で死にたいと悩むが、突如間欠泉のように母子のエロス的なエクスタシーによって蘇るからである。恐らく欣也の罪意識は、寺山が愛読したネルソン・オルグレンの小説『黄金の腕』で、フランキーが悩む罪への共感から生まれたのだろう。けれども寺山はオルグレンの厭世観よりも、むしろウィリアム・サローヤンの「男は皆命もらった死である」を好み、遂にアンドレ・マルローの「苦しみは変わらない。変わるのは希望だけだ」に惹かれて再生を願った。

また寺山は芝居が虚構の世界とはいえ、蝶や人間を殺すのも同じ罪だと考えた。ハムレットは「雀が落ちるのも天の摂理、肝心なのは覚悟だ」と言って、人間と雀の死を同一視した。シェイクスピアは鳥や動物が生活する自然を畏怖し、人間を自然の一部だと考えたから、人間の合理主義を超えたシャーマンのような父、ハムレットの亡霊を描いた。当時恐らく詩人寺山は若き日の萩原さんから得た霊感を膨らませ、自らの想像力によって欣也のイメージを作りだし、母性的なエロスから新しいアートを産み落としたのだろう。

また、寺山は人間の理性だけでなく動物や鳥の本能さえも超越しようとした。寺山は『邪宗門』の結末で次のように歌っている。

「どんな鳥だって想像力より高く飛べないだろう」

エリアーデに依ると、アルタミラやラスコーの壁画には鳥人間が描かれている。古代人は地母神が空に昇り天界と結合した姿を想い描き、彼らも木に昇り鳥になって天に届きたいと願った。ともかく理性を超えたカオスの世界では、シャーマンは骨から肉体が再生する。しかもこのシャーマンの錬金術のように、『聖書』ではアダムの肋骨からイヴが生まれる。

エリアーデによると、ある文化では空が石で出来ていると考えた。またロジェ・カイヨワは『石』の中で、人間が地球に登場する以前に石の歴史があったという。地球は他の惑星と同様に石で出来ているが、違うのは水がある。カイヨワは、その水は石の空洞に気体が圧縮されて蒸気となり、更にその蒸気は高圧が加わって液化し、石の空洞に水が発生すると書いている。カイヨワが論じる石の水を読むと、石には何か生命を宿す子宮のようなものがあると暗示している気がする。更に地球もまた生命を宿す子宮のようであるように思えてくる。渋澤龍彦は『妖精たちの森』でカイヨワの石の水を〝処女水〟と批評しているが、寺山はこれを知っていたのではないか。また寺山は、人間が石（地球）から生まれ、人間は地球（子宮）の一部であり、また地球も母親も子供を宿す子宮であるから、子宮回帰を新たな生の誕生を表すものと考えたように思われる。

更に、寺山は、想像力が科学ではなくてカオスから生まれたと考えていたらしい。想像力がカオスに近いのは、想像力が鳥や飛行機よりも高く飛び、もっと遠い宇宙から飛んできた隕石への回帰、宇宙への回帰、あの世への回帰という願望を表しているからかもしれない。

「月よりも、もっと遠い場所・・・それは、劇場！」
と、寺山版『青ひげ公の城』の最後で少女が言う。寺山の想像力によると、宇宙の彼方は地球と繋がっている。寺山が語る想像力の起源は、人間の歴史以前のカオスかもしれない。そして寺山の子宮回帰は、人間の歴史よりも古いカオスの中で、胎児のように漂うエロスの宇宙への帰郷を表しているのかもしれない。また寺山の子宮回帰は、『レミング』の結末のようにわれわれの夢の中にあり、爆発と誕生を繰り返す宇宙のカオスを映す鏡のようである。また宇宙の質料が変わらないなら、宇宙が爆発して宇宙の果てまで広がっても、再び収縮して新しい宇宙が誕生する。夢はわれわれがかつて誕生した宇宙の故郷に連れ戻してくれるし、また夢は無意識の底に眠る記憶を呼覚まして、宇宙の果てへわれわれを誘い、かつてそこに居たことを明かしてくれる。それが、寺山のモダンで土俗的な想像力であろう。

或いは寺山は、『レミング』で鼠の異常発生と絶滅現象を、人間が異常増殖して大都会を作り自然を破壊した現象とを、パラレルにして劇化した。それにレヴィ＝ストロースは、『悲しき熱帯』の中で、近代文明が自然を破壊した異常事態を警告している。寺山は、レヴィ＝ストロースの『悲しき熱帯』を読んで深い関心を懐き、人間が自然の支配者ではなく自然の一部に過ぎない事を知ったのであろう。

また、寺山は理性を超えた想像力に関心が強かったから、謎解きや迷宮の世界がドラマの要にある。寺山が影響を受けたＨ・ピンターの劇には生の人間が表れない。ピンターの『昔の日々』には死んだ人達が出てくる。リアリズムの世界から見ると、彼らは過ぎ去った時間に居たかもしれないし居なかったかもしれない。ピンターの謎の登場人物は、理性を超えた寺山の想像力との関連を明らかにしてくれる。少なくとも理性で捉えることが出来ない迷宮が、ピンターや寺山のドラマに現れ謎を解く鍵となっている。寺山の『青ひげ公の城』には青ひげ公の姿が無いし、『中国の不思議な役人』の中国の役人は死んでも再生する。寺山の透明人間のような青ひげ公も中国の役人もピンターの謎の登場人物と同様に全く掴み所がない。だがこれらの正体不明な登場人物たちをパラレルに並べると、その瞬間不思議なことに謎の迷宮は消え、代わりに合わせ鏡のような二つのカオスの宇宙が表われる。このような理性を超え混沌とした世界は、ルイス・キャロルが描いた『鏡の国のアリス』のナンセンスな世界にも見られる。

更に寺山は東野芳明からレーモン・ルーセルのナンセンスな世界を知った。恐らく寺山は、ルーセルが『アフリカの印象』の中でみみずが楽器を演奏するモダンなナンセンスに戦慄したであろう。軟体動物のみみずは人類の始祖であり、地球が始原的な大音響を奏でる音楽を聞いた筈である。みみずこそ地球という楽器に耳を傾けた初期の生物であり、地球が揺籃期の子供であった。寺山は『草迷宮』の中で、みみずのように小さな胎児が子宮の中で生物の進化を辿り、母の唄を聴き、生後少年となった明が、母の唄を求める映像詩を作った。ルーセルのみみずの音楽こそ、明が子宮で聴いた母の子守唄ではなかったか。因みに寺山は、『毛皮のマリー』で犬が蓄音機に耳を傾ける場面を描いている。

天野天街さんは寺山から影響を受けたが、天野さんの『平太郎化物日記』を見ていると、ルーセルやP・ピカソが見せた動くナンセンス画が舞台に現れる。同じように寺山の『青ひげ公の城』を見ていると、引用がいっぱい詰まったコラージュが次々と舞台に展開し、歌舞伎の舞台転換のように非日常的なカオスの世界が現れる。

或いは寺山のナンセンスでしかもカオスを表したドラマを突き詰めると、その先にポール・ゴーギャンの『我々はどこからきたのか。我々は何者なのか。我々は何処へ行くのか』の絵画が表れる。この絵には人間の誕生から死までが走馬灯のように描かれている。名古屋ボストン美術館館長で俳人の馬場駿吉さんは「ゴーギャンの絵の作法と寺山の俳句・短歌の作法は共通している」と語る。ゴーギャンの絵の一部は前作で用いられた構図が繰り返し用いられている。この先行作品をコラージュする画法は、ゴーギャンだけではなく、ピカソが『アビニヨンの娘たち』の構図にも使っている。寺山も俳句や短歌を作るときに、前作から自作の一節や他の歌人たちの一節をコラージュした。馬場さんは「ゴーギャンの時代には誰もこのコラージュを批評しなかったが、寺山の時代になるとコラージュを多くの人が批評するようになった」と指摘している。

さてゴーギャンのタヒチへの移住は、寺山の文化人類学への関心と似ている。寺山の『疫病流行記』の南方のセレベス島の島々や、『人力飛行機ソロモン』の原始人や、『さらば箱舟』の沖縄のロケ地には、土俗やカオスへの愛着がある。寺山の宇宙観から見ると、ゴーギャンの描く画面中央の男が両腕を伸ばす天界には果実があり、足元の地面は地界に潜って子宮に達する。こうして見ると、男は人間でもあり木でもある。そしてこの絵が表す寓意は、子宮が宇宙を産み落とした生命の起源を表していることだろう。

この男と木との交歓はプルーストの『花咲く乙女たちの陰に』にその暗示が溢れている。寺山は遺稿「懐かしのわが家」で歌っている。

「外に向って育ちすぎた桜の木が
内部から成長をはじめるときが来たことを」

と。このとき寺山自身が樹木と一体化したことを象徴している。プルーストも寺山も失われた母を求めたが、彼らが求める母と子の一体は、ある種の樹木のように両棲的な結びつきを指し示している。

プルーストもルーセルも同時代に属さず、時代を超越して生きた。寺山は、レヴィ＝ストロースが近代人の喪失した原始文化を黄金時代と呼んだことに共感して、人間が自然の支配者ではなくて自然の一部と見る視点で独自の黄金時代を描いた。

寺山によると、黄金時代は、六〇年代寺山が不治の病のネフローゼ症候群で生死を彷徨った新宿の街だと仄めかしている。だがその起源は、寺山が戦争で失った青森での両親との団欒ではないだろうか。吉本隆明は、サルトルが若い頃、死を深く突き詰めて書いた小説に共感した。サルトルが『賭けはなされた』で描いた世界は、死者が生の人間と共に生きている。第一次世界大戦でヨーロッパは廃墟となり死の街と化した。ジャン・コクトーも同じ戦争体験から『オルフェ』を描き亡き妻を冥界に求めた。いっぽう寺山は、青森空襲と父八郎の戦病死の体験から死を極端に恐れた。吉本は、寺山の『地獄篇』や『まんだら』には、死んだ子供が蘇生しこの世に姿を現す話を既視感（＝デジャ・ビュ）から批評している。恐らく寺山は、サルトルやコクトーが描く死の世界に共感し、自ら見出した冥界との往来を見つめ、その結果黄金時代という果実を産み落す事になったのだろう。

また寺山の黄金時代は地球だけでなく宇宙とも繋がっている。先に述べたカイヨワが『石』の中で「石が書く」模様は、雲が夕空に描く模様と同じようなもので、人間固有の意志と違い自覚がないから、一種の自動速記や機械装置で描く模様のようなものであろう。寺山は人間の意志ではなく想像力によって天界に達すれば、宇宙と結合できると考えた。石の模様が美しいのも宇宙の模様が美しいのも元はひとつだからである。また寺山は石や宇宙の模様が美中の美と感じるのは、石や宇宙が塵芥に埋もれた宝石のように美しくありたいと願うからであり、人間もその一部であるから石の模様や宇宙の模様を見て美しいと感ずると考えた。寺山が「月よりも、もっと遠い場所・・・それは、劇場！」と語ったのは、この宇宙の模様と石の模様が、鏡によって互いの姿を映し合うように、その中心に劇場があると思っていたからであろう。このようにして寺山は、母と子のエロスに拘り続けて非日常的異次元空間（子宮）に潜り、タナトス（死）を超え、エロス（快楽）が噴出するエクスタシーから、モダンで土俗的な劇芸術を作った。現代の観客は、寺山が『空には本』に表す想像力の宇宙がどんな仕組みになっているのかよく分からなくても、まるで間欠泉のように、突如太古の記憶が目覚めて、畏敬の念が蘇り、寺山の爛熟した母と子のエロスの関係を見て戦慄するのであろう。

＊＊＊＊＊＊＊＊＊＊＊＊＊＊＊＊＊

（付録1）

二〇〇七年東京の早稲田大学の大隈講堂の巨大スクリーンに安藤紘平さんは寺山の『田園に死す』と『さらば箱舟』を最新式のデジタル映像を使い画像の奥底まで蘇らせた。また二〇〇八年流山児祥さんが同講堂で『狂人教育』の海外公演の凱旋公演を行った。二〇〇九年十一月六日には演劇大学in愛知で流山児祥、高田恵篤、天野天街さんらのシンポジウムや『狂人教育』『ある男、ある夏』を上演する。九條今日子さんの記憶には海外公演の想い出は山とあり纏めると一冊の本になるという。また萩原さんは凡そ半世紀前の寺山との演劇活動を書物に纏めるため現在欧米を旅している。寺山の劇や映画は、青森、東京から海外に飛び火し寺山の劇を上演したり研究したりする場をますます拡大している。

（付録2）

天野天街さんが二〇〇九年十二月東京下北沢・スズナリで『田園に死す』を演出した。馬場駿吉さんは「天野さんが小劇場だけでなく市街劇にも挑戦して欲しい」と述べている。既に天野さんは澁澤龍彦の『高丘親王航海記』の野外上演や『百人芝居真夜中の弥次さん喜多さん』を大劇場で上演した。馬場さんは天野さんが寺山と澁澤の持ち味を熟知した劇作家だと喝破し新しい寺山演劇を提示できる芸術家だという。少なくとも寺山を継承した演劇人の中で天野さんは寺山が澁澤から獲得しようとしたドラマの地平を切り開く一人として期待がかかっている。そこから新たな寺山演劇の地平が見えてくる予感がする。

第五章

『さらば映画よ』のアッサンブラージュと代理人としての映画

松本 杏奴
赤塚 麻里

1 まえおき

寺山修司の台本は、ちょうど、劇作家でイラストレーターの天野天街氏が描くポスターのように、殆どコラージュで出来ている。だが、それにも拘らず出来上がった芝居は紛れもなく寺山ワールドを表している。寺山はそのコラージュによって生み出された現象に異常な関心を示したらしい。つまり、寺山は自分のアッサンブラージュを見たとき、自分の作品ではないけれども自分自身の作品であるという一種の眩暈を感じ、まるで迷宮の入り口に立ったような感覚を覚えたのではないだろうか。殊に映画の場合、スクリーンには、俳優本人ではなく光の微粒子と化した赤の他人が虚像となって映し出されている。寺山は、この生の人間ではないが本人に似た映像に異常な関心を示した。

寺山は少年の頃からハンフリー・ボガート（Bogart, Humphrey）が好きでスクリーンに映った映像と個人的な関係を持ちたいと思っていた。寺山はドラマ『さらば映画よ』（ファン篇）で、中年男が登場し「ボガートが映像化して永遠の命を獲得したのに、自分は無名だから映像と一体化できない」と嘆く。これは、寺山が少年だった頃の呟きとも読みとれる。

劇団☆APB-Tokyoは、二〇〇七年末『さらば映画よ』(ファン篇)の公演で、舞台をスクリーンに見立て、芝居の途中にさしかかると、役者たちが、舞台から観客席に降りて分け入り、観客に話しかけるように演出した。映画と舞台は、二次元と三次元の違いはあるけれども、映画も舞台も異次元空間を表している事に変わりはない。こうして、寺山は、代理人としての映画について独自の見解を持つに至った。しかも、寺山は、既に、一九六四年『映画芸術』の五月号で「かわりの男」論を展開していた。[1]

一般に、作家の初期の作品は、後期の作品の種子であると言われる。寺山の『さらば映画よ』の前半を占める「ファン篇」に登場する二人の中年男は、幾分、アントナン・アルトー(Artaud, Antonin)のドゥーブル(Double)を想起させ、同時期の『毛皮のマリー』に出てくるマリーと召使の関係へと発展し、やがて後期の『レミング』に登場する二人のコックに変遷していくのが透けて見える。また『さらば映画よ』の後半を占める「スター篇」に出てくる映画氏は『青ひげ公の城』に出現する実体のない青ひげ公のキャラクターを思わせる。

寺山の映画の世界には、映画の文法を違反した色々な仕掛けがある。たとえば、映画『書を捨てよ、町へでよう』では、最初の数分間スクリーンは真っ暗である。数分後、漸く、スクリーンの中の佐々木英明氏が現れ観客に向って語りかける。観客は只管寺山固有の悪ふざけにじっと我慢している。だが、寺山の意図はもっと入り組んでいたようである。というのは、映画の終わり近くになると、現実の佐々木氏がスクリーンの中に現れ、自分が虚構の人物であったことを明らかにするからである。ちょうど、『さらば映画よ』の中の「スター篇」に現れる映画氏のように、光線の微粒子と化した佐々木氏はがらんどうで、まるで「何も見なかった」と言っているかのようである。しかも、その後で、この映画に関わったスタッフ達が全員大写しにされ映画の中の映画を見せられる仕掛けになっている。そのため、観客は映画を終わりまで見て漸くこの映画の意図が幾分分かってきたような気になる。

萩原朔美氏は二〇〇七年に名古屋の栄にある中日文化センターのセミナーでビデオの実験映画に触れたことがある。萩原氏が紹介した実験映画島野義孝作『TVDRAMA』では、モニターに映った画像を、ある視聴者が見ていて、突然ハンマーを打ち下ろしその画面を壊すというアクションがあった。しかも、続いて、破壊されたばかりの受像機の画面を他の視聴者が、再び、ハンマーを打ち下ろしてその受像機を破壊する。こうして、次々と、この受像機の破壊はまるで玉葱の皮を捲るように際限なくリフレインして延々と続く。これと似たリフレインが寺山の実験映画『審判』にもある。寺山は、映画『書を捨てよ、町へでよう』を制作したときも、スクリーンに映っている佐々木英明氏は虚像に過ぎず、生の佐々木氏とは異なることを観客に知らせようとした仕掛けや工夫があったかもしれない。もっとも、佐々木氏の映像を破壊しようとする人物は現れなかったが。

佐々木英明氏が真っ暗なシーンの中で観客に語りかけるシーンのオリジナルのルーツはドラマ『さらば映画よ』にあるようだ。本稿では、寺山の三次元的な立体性を持つアッサンブラージュと代理人としての映画を考察することにする。

2H．ボガートの『カサブランカ』からのコラージュ

生身のハンフリー・ボガートが死んでも、映像としてのボガートは生きている。寺山が『さらば映画よ』で『カサブランカ』（*Casablanca*）をコラージュしながら映画の物語の世界に入らなかったのは、物語よりも、死んだ筈のボガートがスクリーンに映っている不条理を表したかったからではないだろうか。

実際、映画の中で、ボガートは人殺しをする。だから、映画の中ではボガートはカサブランカを逃亡することになる。ちょうど、同じ戦争を描いた『マノン』（*Manon*）が『さらば映画よ』（スター篇）にもコラージュされているが、マノンの恋人ロベールも殺人を犯してしまい二人の恋人はアフリカへ逃げる。だが、寺山は光線と化したボガートやセシル・オーブリのマノンが紅をさす赤い唇に関心を示す以外に、映画の物語

には全く興味を示していない。

『カサブランカ』でシナリオライターを担当したハワード・コック（Koch, Howard）は映画の序文「カサブランカを作るに当たって」（The Making of Casablanca）の中で告白めいた回想をしている。つまり、コックは映画制作にあたり、最初、台本がなく、限られた極めて短時間の間に、脚本家と映画監督の軋轢の中から映画が完成したというのである。脚本家のコックは、映画監督は言うにおよばず、俳優に相談しながら台本を書いていったと回想している。これは、映画『カサブランカ』の制作過程が、ピアンデッロ（Pirandello, Luigi）の『作家を探す六人の登場人物』（*Six Characters in Search of an Author*）の制作プロセスと似ている。

Fortunately, I had the help and encouragement of Humphrey Bogart and the other principals in the cast who had become aware that we were in a Pirandello situation - six characters in search of a story.(2)

幸運にも、私には、ハンフリー・ボガート他、主だったキャストの助けや激励があった。彼らは私たちが作者を探す六人の登場人物―ピランデッロのような状況にあったことに気がついたのである。

ところが、コックは、同書の改訂版ではピアンデッロの『作家を探す六人の登場人物』の引用を省略した。コックは自分がピランデッロに匹敵するほどの劇作家とは思わなかったのかもしれない。とにかく、ここには重要なコンセプトが見られる。寺山はいつも「台本は半分出来ていて、後半分はみんなで作る」という発想があった。この考え方はスタニスラフスキー・システムやアクターズ・スタジオのメソードと異なる英国式のドラマチック・コンセプトである。だから、ひょっとしたら寺山は予めコックが書いた『カサブランカ』制作の道筋を知る機会があったのか、或いは、もしかしたら、直接映画からピランデッロ的な状況を読み取ってこのコンセプトを自分の劇作法に応用したのかもしれない。(3)

3ボナールの『友情論』からのコラージュ

ボナール（Bonnard, Abel）は『友情論』（*L'Amitie*）の中で、異性との友情よりも同性の友情のほうが優れていると語っている。寺山はボナールの友情論の中でも特にこの種の優越を捉え、『さらば映画よ』(ファン篇)で、男女の愛情でなく同性同士の愛情を描いている。当時、ホモセクシャルを描くのが一種の流行であったようだ。唐十郎氏もホモセクシャルな題材を扱った芝居『下谷万年町物語』(一九八一)を書いた。ともかく、寺山は、ボナールの論点を、パラドキシカルに、男女の愛を、男同士の愛として描いている。更に寺山はもう一ひねりし、永井荷風の『四畳半の下張り』の男女の愛を男同士の愛に読み替えて描いた。たとえば、ボナールは男同士の友情についてこう述べている。

Ces amis en groupe, qui raisonnent de la vie ensemble, sont comme des gens qui se promènent sur un plateau, mais ces deux amis qui ne se retrouvent que pour exalter en eux ce qu'il y a de plus fier sont comme deux hommes qui font l'ascension des mêmes sommets. (p.37) L'amitie Abel Bonnard[4]

友人の集団が、一緒に人生を論じるのは尤もなことである。友人の集団とは高原を散歩する人々のようなものである。しかし、ふたりの友人は相会えば必ずめいめいが自分の中に持っている最も誇りに思っているものをお互いに高めて、同じ山頂に登る二人のようなものである。

寺山は、『さらば映画よ』(ファン篇)で、中年男性同士の愛を通して、性同一性障害やジェンダー・アイデンティティ・クライシス(gender identity crisis)を描いてはいないだろう。しかし、テレビドラマ『わが心のかもめ』で千江の記憶喪失を通して解離性同一性障害を描いていることから、幾分か『さらば映画よ』の二人の中年男にジェンダー・アイデンティティ・クライシスが意識の底にあったかもしれない。或いは、当時、プルースト(Proust, Marcel)がロマン『失われたときを求めて』(*A la recherche du temps perdu*)の中で、男性(アルベルチヌ)との愛を女性の名前(アルベルチーヌ)に変えて表現したことが話題になり、寺山は永井荷風の『四畳半襖の下張り』に描かれた男女の愛を男同士の愛に変えて、いわばプルーストのスタイルをもう一度逆様にして戯画化したのではないかとも思われる。

4 マルグリット・デュラスの『ヒロシマわが愛』からのコラージュ

作家のマルグリット・デュラス(Marguerite Duras, 一九一四年四月四日―一九九六年三月三日)は一九六〇年シナリオ『ヒロシマわが愛』(*Hiroshima Mon Amour* 邦名『二十四時間の情事』)を執筆した。デュラスはアラン・レネ(Alain Resnais, 1922-2014)監督の依頼をうけ『ヒロシマわが愛』の映画台本を書き下ろした。その後、彼女自ら一九六六年に映画製作、監督に乗り出した。小説家デュラスが映画を撮ったのは「映画芸術の中に、独自の可能性を探求するため」ともいわれる。

一方、寺山は一九六六年にドラマ『さらば映画よ』の『スター篇』に『ヒロシマわが愛』をアレンジしてコラージュしたが、物書きが映画を撮るという点から見ると、寺山とデュラスの間には共通点が見られる。後年になり、寺山は一九七五年南仏ツーロンの「若い映画」祭でデュラスと審査員をつとめた。(5)

デュラスは映画『アガタ』(*Agatha*)を一九八一年に撮っているが、この映画は「小説を朗読する、眼に見えない映画」といわれる。「眼に見えない映画」というコンセプトから見ると、デュラスと寺山には映像についても共通点があるように思われる。『ヒロシマわが愛』の冒頭の台詞は、デュラスが考える映像に対するコンセプトを端的に表している。

Lui: Tu n'as rien vu a Hiroshima. Rien.
Elle: J'ai tout vu. Tout.
Ainsi l'hopital, je l'ai vu. J'en suis sure. L'hopital existe a Hiroshima. Comment aurai-je pu eviter de le voir?
Lui: Tu n'as pas vu d'hopital a Hiroshima. Tu n'as rien vu a Hiroshima.
Elle: Quatre fois au musee…
Lui: Quel musee a Hiroshima?(6)

彼　君は何も見みなかったんだ、広島で。何も。
彼女　私はすべて見たわ。すべてよ。
　病院も、見たわ。確かよ。病院は広島にあるし、どうしたら見たって証明できるかしら。
彼　君は病院なんか見なかったんだ、広島で。何も見なかったんだ、広島で。
彼女　四度も博物館へ・・・
彼　何の博物館かな、広島で。

デュラスの台本にある「何も見なかった、」というリフレインは衝撃的である。「彼」は東洋人であり、東洋で生を受けたデュラスが書いた言葉だからなおさらである。

Elle: Quatre fois au musée à Hiroshima. J'ai vu les gens se promener. Les gens se promènent, pensifs, a travers les photographies, les reconstitutions, faut d'autre chose, à travers les photographies, les reconstitutions, faute d'autre chose, les explications, faute d'autre chose. Quatre fois au musée à Hiroshima. J'ai regarde les gens. J'ai regardé moi-même pensivement, le fer. Le fer brûlé. Lefer brisé, le fer devenu vulnérable comme la chair. J'ai vu des capsules en bouquet: qui y aurait pensé? Des peaux humaines flottantes, survivantes, encore dans la fràicheur de leurs souffrances. Des pierres. Des pierres brûlées. Des pierres éclatées.
Des cheveIures anonymes que les femmes de Hiroshima retrouvaient tout entiéres tombées le matin, au réveil. J'ai eu chaud place de la Paix. Dix mille degrés sur la place de la Paix. Je le sais. La température du soleil sur la place de la Paix. Comment l'ignorer?... L'herbe, c'est bien simple… (pp.24-25)

彼女　四度も博物館へ行ったわ。広島で見たわ、人々が歩き回っているのを。人々は歩き回りながら、考えていた、写真や再構成したものの間を通り抜けて、他のものがないのね、写真、写真、再構成いろんな説明ばかりで、他にものがないのね。四度も博物館へ行ったわ。広島で眺めたわ、人々を。私も自分でしみじみと眺めたわ、鉄を。焼けた鉄。砕けた鉄。肉のようにもろくなった鉄を。私は見たわ、花束のような壜の口金を。誰も想像がつかないでしょう。ぶよぶよとした生身の人間の皮膚。まだ苦しみの痕がありありとしているのよ。石を。焼けた石。裂けた石。

誰のものか分からない髪の毛。広島の女性たちが朝起きてみたら全部抜け落ちていたという髪の毛。私は知っていた、平和広場を。平和広場の上を一万度の熱、平和広場の上を太陽の熱、どうして無視できるでしょう。雑草って、とても単純なものね。・・・

映画の中の「彼」は頑強に「何も見なかったんだ。」を繰り返す。それとも、「彼」は、被爆体験の日系人として恐ろしい光景は写真にさえ写せないと詳言しているのだろうか。

Lui: Tu n'as rien vu à Hiroshima, rien. (p.25) Hiroshima mon amouur, Marguerite Duras
彼　君は何も見なかったんだ。広島で。

或いは、「彼」が見なかったと執拗に繰り返すのは悲惨さの奥にある眼に見えない恐ろしさのせいなのであろうか。こうして、前述の「彼」と「彼女」の会話は、二人を写した映像と広島の映像とがアットランダムにコラージュされていく中で交わされる。

鈴木和成氏は評論『愛について―プルースト、デュラスと』の中で、デュラスは、プルースト的な眠っている無意識の記憶にヒントを得てロマンを書いているという。[7] 仮に、映画『ヒロシマわが愛』の中の二人のやりとりを、眠っている無意識のイメージを映像で表しているとすれば、一見、ドキュメンタリー風な映画も極めて幻想的な映像に思えてくる。つまり、微かな予感として、広島の惨事を垣間見たが、結局、何も見なかったかもしれないのだ。

ここで、デュラスの生い立ち辿ると、彼女は異文化がクロスするヴェトナムのギアダンで生をうけたことや、異文化の土地であった広島とデュラスの出生地との接点が分かってくるかもしれない。厳密にいえば、「日本の江戸弁にしても東京で生を受けて三代以上続かないと江戸弁を話すことは出来ない」といわれるが、デュラスは欧米人だがヴェトナムで育ったことが重要なのだ。デュラスにとって欧米の出来事さえ異国の出来事のように映っていたようだが東洋とも西洋ともどちらともつかない宙ぶらりんの状態が重要な視点になっている。

それにしても、デュラスが見た被爆地広島の写真は、日本人が想像するよりも鮮烈なのは何故だろうか。映画『ヒロシマわが愛』の中では、日系の「男性」は、デュラスに似た「女性」の印象を否定する。デュラスが書いた日系の「男性」は映画では岡田英司が演じていて紛れもなく日本人である。だが、オリジナル台本を見る限り案外西洋人に近い。しかも、この日系人は、デュラスがよく知っていたアジア人がモデルになっているのだろうから、純粋の日本人とは言えない。従って、全くパラドキシカルに見ると、日系の「男性」はデュラスかもしれないのだ。否、二人ともデュラスの分身であるかもしれない。この眩暈を引き起こす二人とは一体何者なのか。

もし仮に人間が原爆を真面に見たら、その人間は存在することは出来ない。三島由紀夫の現代能楽集『弱法師』の俊徳の眼が見た光景は盲人の脳裏にとどまる記憶の残像でしかない。

僕はたしかにこの世のをはりを見た。五つのとき、戦中の最後の年、僕の目を炎で灼いたその最後の炎までも見た。それ以来、いつも僕の目の前には、この世のをはりの焔が燃えさかつてゐるんです。[8]

少なくとも、被爆地広島を写した写真や映像記録を見るほうが被爆した人間よりも遥かに冷静で客観的に見ることが出来る。というのは、眼を焼き尽くした盲人の苦痛よりも、その生理的な痛みを持たない写真や映像のほうが客観的に事実として惨事を映すからだ。ここで立ち止まって考えてみると、被爆による網膜の痛みは痛みを伴わない映像とは忽ち立場が逆転する。つまり、被爆地には儚い命がのた打ち回っているだけであり、人間の理性は殆ど焼き尽くされてしまっているからである。しかし、映像は地獄の光景を理性的に眺めることが出来る。

寺山は、ロボットや機械に関心を持っていたが、ロボットの手は放射線を受けても被爆することなく生身の人間を超えて冷徹である。確かに、ロボットの目に写る光景は人間の目のように感じることはないかもしれない。だが、生の人間は地獄の光景を感じる前に、感情を焼き尽くす光線で消滅する。一方、感情のないロボットや写真は地獄の光景を映す。それを写して見せるのが映画のスクリーンである。映画は、今は生きていないがかつて生きていた人間の生命を遥かに超越し、地獄の光景をスクリーンに映す。

その意味でいえば、映画『ヒロシマわが愛』の中で、「彼女」が「見た」と言ったのに対して、「彼」の方が「見なかった」と答えるのは二重の意味があるかもしれない。仮に、感情のない写真やスクリーンを、感情のある人間、たとえば、デュラスが見ていると想定することは出来る。しかし、何れ写真やスクリーンを見ている生人間のデュラスも時間が経つと消えてなくなる。一方、生命のない写真や映画はロボットのように永遠の命を保ち続けている。こうして、生人間とロボットの関係は、絶えず生人間の「見た」はロボットの「見なかった」に転換し、生人間とロボットはその切れ目で、不条理にも「見た」と「見なかった」はダブルミーニングになる筈である。少なくとも、写真を見る人が後から後から現れる限り「見た」と「見なかった」は反復する。たとえば、寺山の『さらば映画よ』(スター篇)では、「見た」というのは生人間の中年女であり、「見なかった」というのは擬人化された「映画氏」であった。

ここで、プルーストが『失われたときを求めて』の中で「死んだ物にも生命が宿っている」[9]といった意味を、映画『ヒロシマわが愛』の生命のないスクリーンの映像に当てはめてみることも全く無意味でないかもしれない。

無意識の記憶の中で眠っているイメージも間欠泉のように突如として蘇ることがしばしばある。そのとき、その人はあるイメージを「見た」のであり、或いは、再び、「見なかった」と呟いて眠りの闇の彼方に追いやられてしまうのかもしれない。夢の中で見たと思った光景は、アイルランドのケルト伝説であったり、日本の広島の博物館であったりするのであろうか。

『ヒロシマわが愛』を映画に撮ったのはアラン・レネである。映画監督の吉田喜重氏は、アラン・レネの映画について、レネの映画を見ているといつも「催眠状態」を催すと言っている。[10]また、吉田氏はプルーストの視点で自分の映画を幾つか撮っている。レネ自身も映画制作で「夢を見よう」と述べている。レネは、デュラスに対して映画に関心を持たせた重要人物であることは確かだ。

5 A．A．ミルンの「階段の下で」からのコラージュ

動物には果たして記憶能力があるのだろうか。まして、人間が動物に擬似的な言語を振り当てて喋るとすれば、もうそこには、ファンタジーの世界しかないだろう。次のミルン（Milne.A.A.）の詩「階段の下で」(*Halfway Down When we were very young*) は、言葉を話す動物と同じ感性を持った少年の夢想を現したイメージだろうか。

Halfway down the stairs
Is a stair
Where I sit.
There isn't any
Other stair
Quite like
It.(11)
階段を半分降りたところに
私が座る階段が
一段ある
これと
そっくりな階段は
他にはどこにもない。

寺山は、ミルンの詩を自分の劇『さらば映画よ』にコラージュした。しかし、そこから出てくるイメージは寺山の世界を反映している。というのは、このイメージは或いはもしかしたら見たかもしれないという微

かな失われた記憶とオーバーラップしているからである。因みに、寺山の劇『中国の不思議な役人』には、狼男が出てくる。この狼男は人間と動物の視点から「見る」「見ない」の問題について改めて考えさせてくれる。

6寺山修司の『さらば映画よ』（ファン篇）にみるアッサンブラージュ

寺山はハンフリー・ボガートへのオマージュとして『さらば映画よ』（ファン篇）を描いたようだ。寺山はエッセイ集『墓場まで何マイル？』所収の短いエッセイに『マーロウの面影を求めて』を載せている。ここで、寺山は小説『大いなる眠り』のイメージとして、ハンフリー・ボガートを思い描いている。イメージとしては、まさにハンフリー・ボガードなのだが(12)（そして「大いなる眠り」の映画化名〈三つ数えろ〉では、実際にハンフリー・ボガードが演じたが）・・・

また、年賦によると、寺山は十五歳のとき、ハンフリー・ボガートにファンレターを出していたとある。昭和二十六年（一九五一）十五歳 四月、青森高校に入学。学校新聞、及び文学部に参加。雑誌「青蛾」発行。ハンフリー・ボガードにファンレターを出す。

寺山は、少年時代から手紙に異常な執念を持っていたが、『さらば映画よ』ばかりでなく、終に『書簡演劇』を書くまでに発展した。

母は自分あての葉書を書き(13)

寺山は「自分が自分に出す葉書」を更に『青ひげ公の城』や『ノック』などに繰り返しコラージュしている。

これは、モノローグを発展させ自分と自分との会話へと展開し、更に、アントナン・アルトーのドゥーヴルの意味で使うようになる。

一九六五年十一月九日にニューヨークで大停電があったが、この大停電は寺山の映画論に深い暗示を与えたものと思われる。恐らく、寺山はこの大停電をヒントにしてこのドラマにコラージュしたのであろう。

中年の男2　「そう。部屋の中にだって星はありますよ。ただ見えないだけなんだ・・・（腰掛ける）私はニューヨークで突発した十二時間の停電について考えましたね。あの十二時間、ニューヨークの市民は何を待っただろうか、って、高層ビルのアパートの壁を見つめながら、三流レストランの壁を見つめながら、刑務所のコンクリートの塀やアスファルトの舗道のスペースを見つめながら、みんなきっと「自分の映画」の始まりを待ってたのではないだろうか?時ならず鳴りわたるニーノ・ロータの音楽!そしてスーパーなしにいきなり壁に映しだされる自分の顔。（『悲劇喜劇』。一九六六年五月号七四―七五頁.『映画評論シナリオ』一九六八年十月号一二三頁）

中年の男2の「自分の顔」は自分自身の幻であろう。しかし、映画だって、幻にすぎないのだ。更に、五年後、寺山は、エッセイ『劇的想像力』を書いてその中に『さらば映画よ』（ファン篇）を引用しながら詳細にコメントをしている。

中年の男2　どうかだまって。（腰かける）ニューヨークで突発した十二時間の停電について考えてみました?あの十二時間、ニューヨークの市民は何を待っただろうか、って、高層ビルのアパートの壁を見つめながら、三流レストランの壁を見つめながら、刑務所のコンクリートの塀やアスファルトの舗道のスペースを見つめながら、みんなきっと「自分の映画」の始まりを待っていたのではないだろうか?不意打ちの至福。スーパーなしにいきなり壁にうつし出される自分のクローズアップされた顔。闇に乗じて虚構にのりうつれることへの期待!（『劇的想像力』[14]）

右の文章から、中年男2の心に生じた変化の違いが読み取れないだろうか。このエッセイには、中年の男2の台詞の前に一文があり、中年男1に向ってハンフリー・ボガートの映画とボガートの死について話す場面がある。

中年の男2　・・・「いいですか?」と中年男2は念を押す。「ハンフリー・ボガード殺人事件の犯人は、映画の中の本人だったんですよ。彼は彼自身の代理人として、実にうまく立振るまい、しかもちゃんと生きのびていた。彼はどこにでもいながら『さわれない人間』なんだ。畜生！映画の中とは、またとないかくれがを見つけ出したもんだ・・・」中年男1は、次第に中年男2の狂気にたじろぎ、電灯をつけることを要求する。電球をつけると、幻の映画は終り現実の裸体が客の目にふれる。だが「虚構の性」は存在しなくなるのだから、その裸体は表現された肉体ではなく、ただの物体にかわってしまう筈だ。「ねえ、もう映画ごっこは止めて！」と中年男1は要求する。だが中年男2は止めない。彼の肉ははげしく見えないスクリーンの光にあぶられている。（『劇的想像力』六四―六五頁）

右のエッセイの一文を、ドラマ台本の同じ箇所と比較すると、寺山の内的独自の発展の跡を辿ることが出来る。

中年の男2　いいですか？ハンフリー・ボガード殺人事件の犯人は、映画の中の本人だったんですよ。彼は彼自身の代理人として、実にうまく立振るまい、しかもちゃんと生きのびていた。彼はどこにでもいながら「さわれない人間」なんだ。畜生！映画の中とは、またとないかくれがを見つけ出したもんだ・・・

しだいに声高になってきた中年の男2・・・壁のスイッチをひねる。室内は暗くなる。映写幕の白さだけが荒野のように場面にひろがる。　暗くなった・・・（『さらば映画よ』七三―七四頁）

ドラマ『さらば映画よ』（ファン篇）の台詞と五年後のエッセイ『地下想像力』の文章とを比較すると、エッセイの方が、中年男2の肉体がスクリーンに限りなく接近し一体化しようと変化していくことが分かる。この五年間で寺山に何が起きたのであろうか。

寺山は『さらば映画よ』（ファン篇）を書いた翌年、『三田文学』の「特集・前衛芸術」（一九六七．十一）の対談で、示唆的な発言をしている。先ず、寺山は、「頭脳も肉体だということを知らなければならない」（一四頁）と切り出し、更に、頭脳は言葉と異なると明言している。

寺山　つまり肉体というのは非常に素晴しい。それはやはり肉体は鑑賞に耐えると思うな。だけれども肉体から切り離された人間の属性は鑑賞にたえないので、言葉というものが脳味噌から切り離されて存在するという場合、その言葉に俺たちはなんの興味ももたないのじゃないか。[15]

ここで、寺山は、前述の意見を舞台だけでなく映画も念頭において並列的に発言しているのではないかと思われる。仮にそうだとすると、頭脳は、スクリーンに置き換えることが出来るかもしれない。

寺山　劇的なるもののほかに、劇場的なものが問題になるべきだ。それは終りのある世界です。ある限られた時間だけしか存在しない幻影の肉体です。いま新劇はだんだんシアトリカルなものから遠ざかって行って、日常生活と連続の線上でとらえられるような劇場というものを考え始めてきている。（同誌十五頁）

寺山は、舞台上の役者の肉体について語りながら、同時に映画のスクリーンに光線化された肉体を念頭において、生の肉体と光線化された肉体とをパラレルに論じている。しかも、この寺山の発言は、ドラマ『さらば映画よ』の延長線上に論じられているように思われる。つまり、寺山はドラマの同じ場面でドラマとスクリーンとの両方に役者の肉体を並列に置いて発言している。ところが、寺山は対談では専らドラマの肉体のみを語り、スクリーンに写された肉体を伏せて話しているので、役者の肉体のコンセプトが幾分か抽象的になっている。

実際『さらば映画よ』が上演されたのは一九六八年五月天井桟敷であったから、『三田文学』誌上での寺山の発言は何らかの意味で一年後の『さらば映画よ』（ファン篇）上演と関連があったように思える。また、この対談には注として「読みながら感じたこと」が付いていて、ドナルド・リチーが頭脳と身体についてコメントしている。

1　寺山さんも唐さんも、演劇史の最も古い論争をここでくりかえして居られます。頭脳と肉体との問題はアリストテレスの「詩学」の中でも言及され、・・・（同誌三五頁）

ドナルド・リチーはここでアリストテレス（Aristotles）の『論理学』（*Logic*）の視点から寺山や唐氏のドラマを論じている。また、野島直子氏は、『ラカンで読む寺山修司の世界』の中で、寺山のドラマばかりでなく映像論も展開している。この対談で、寺山は、ドラマだけでなく、肉体とスクリーンの肉体とを想定してパラレルに話しているかもしれない。

更に、寺山は『さらば映画よ』（ファン篇）で荷風山人の『四畳半襖の下張』の一節をコラージュしている。ある意味で、寺山は、言葉と頭脳と肉体の関連を浮き彫りにしている。そのせいか、このドラマが幾分「わいせつ」的であったことが伺われる。

ところで、昭和五十四年の『四畳半襖の下張』事件の添付書類にはハンフリー・ボガートの名前が引き合いに出されている。そこで、次に『四畳半襖の下張』事件上告判決わいせつ文書販売被告事件昭和五十四年（あ）第九九八号同五十五年十一月二十八日第二小法廷判決の添付書類中［11］を引用してみよう。

> ［11］が、しかし一番ひどいのはDですね。実生活における性行為非公然といふ約束事（これはまあ、いちおう認めていいことにしますが）を、まつたく別の次元である芸術表現の世界に持ち込んでゐる。これはアリストテレスの『詩学』のいはゆる、行為と行為の模倣とを区別しないもので、この調子でゆけば、実際にある男が他の男を殺すことと、芝居のなかである役者が他の役者を殺す演技をすることとが同質になり、つまりその役者は殺人犯といふことになる。六代目菊五郎もハンフリ・ボガードも死刑にしなければならない。そんな馬鹿な話があるものかといふのが、チヤタレー裁判以後のあらゆる文芸裁判における、被告側の言ひ分でありました。（『四畳半襖の下張』事件・控訴審　Yahoo!検索2008.1.6.）

更に、寺山は『さらば映画よ』（ファン篇）で『四畳半襖の下張』から「荷風山人曰く」（『悲劇喜劇』六九頁）の一節をコラージュして、その後で中年の男2が次のように語る。

中年の男2　先週母が死にました。七十二でした。（ふいに早口になって）ところが、母が死んで遺品を片づけていたら、よれよれの貯金通帖と成田山のお守と一緒に出てきたのは何だと思います？（六八頁）

その遺品は春画で、中年の男2はそれを見て「私は、はじめて母親のなかに他人を感じましたよ」という。また、寺山は映画批評「春本なればこそ「娼婦しの」の描かなかった部分」[16]の中で、横尾忠則氏の亡き母の想い出を書いている。恐らく、寺山はこのエッセイをドラマ『さらば映画よ』に中年の男2のエピソードとしてコラージュしたものであろう。

また、寺山は『誰か故郷を想はざる』の「春画」の中で、鈴木のおばさんからプレゼントされた辞書の思い出を述べている。[17]そして、寺山は、その辞書の間から「春画」が出てきたエピソードを書いているが、これも、ドラマ『さらば映画よ』にコラージュしている。

寺山は、『さらば映画よ』上演後の一九六八年十一月に、この公演を境にしてこのコンセプトから離れて他に興味が移っていく。

しかし、エロス的な現実が「現実原則と対立する空想過程の究極的な内容」H. マルクーゼ著 *Eros and Civilization* をもって、ステージの上のみ君臨しているのだという考えは、やがて変わっていった。私は「にんげんは万て俳優である」と思うようになり、現実原則とエロス的な空想現実とのあいだから幕をとり払ったドキュメンタル・ステージの方へ傾斜していったからである。いつのまにか、私自身も何度も死ぬことが出来るようになって、この戯曲の（私にとっての）役割は終った。[18]

やがて、寺山は、劇場を出て市外劇『人力飛行機ソロモン』などにチャレンジする。野外劇では言葉よりも俳優の肉体のパフォーマンスが重要となっていった。しかし、寺山は当時、マルクーゼをはじめ、フロイト、ラカンの心理学に関心が深く、自分のドラマに心理学的コンセプトを引用していた。例えば、寺山版『星の王子さま』では、「言葉が眠るときかの世界が目覚める」をコラージュしている。これは、マルクーゼ（Marcuse, Herbert）が『エロス的文明』（*Eros and Civilization*）の中で引用したカール・クラウス（Kraus, Karl）の言葉である。

　Das Wort entschliesf, als jene Welt erwachte.[19]

言葉が眠るときかの世界は目覚める。

クラウスの言葉は、当時、ナチスドイツの言論弾圧が烈しかった暗い時代を示唆している。寺山は、クラウスの言葉を一九六〇年代の日本演劇界にアヴァンギャルドの新風を吹き込もうとしてコラージュしたと思われる。また、マルクーゼは『エロス的文明』の第一章と第十一章の末尾近くにプルーストの『失われたときを求めて』を引用している。

Against the self-imposed restraint of the discoverer, the orientation on the past tends toward an orientation on the future. *The recherche du temps perdu* becomes the vehicle of future liberation. (p.19)

発見者が自分自身に科した制約に逆らって、過去への方向づけは、未来の方向へと向っていく。それは失われたときを求めて、未来に於ける解放を仲立ちする。

マルクーゼは亡き妻ウリュディケを求めるオルフェウスの神話をプルーストの亡き母を求める小説に重ねる。

From the myth of Orpheus to the novel of Proust, happiness and freedom have been linked with the idea of the recapture of time: the *temps retrouvé*.（pp.232-3.）

オルフェウスの神話からプルーストの小説まで、幸福と自由は失われたときの発見という観念に結びついてきた。それは再び見出されたときである。

マルクーゼはプルーストの小説のコンセプトを使って『エロス的文明』を書いたものと思われる。マルクーゼのプルースト解釈は幾分概説的である。しかし、寺山が家族を描くときプルーストの家族描写と比べて見ると示唆に満ちている。

少なくとも、寺山は『エロス的文明』を読んだ際に、プルーストのコンセプトを知っていたはずである。とすれば、寺山はそのときプルーストの母子のテーマに遭遇したと思われる。

或いは、寺山が、マルクーゼの『エロス的文明』と決別したのは、ハーバーマスのマルクーゼ批判を読んでいたからかもしれない。[20] 一九六九年寺山はハーバーマスとフランクフルト国際実験演劇祭ＥＸＰＥＲＩＭＥＮＴＡ３で会っている。

寺山は『さらば、映画よ』を一九六六年五月号の『喜劇悲劇』に発表、初演を一九六八年五月天井桟敷で公演した。更に、寺山は『さらば、映画よ』にデヴィッド・ジャンセンの『逃亡者』や「緑摩子」や「サウンドバック」をコラージュしている。緑摩子の主演映画『非行少女ヨーコ』(製作＝東映(東京撮影所)1966.03.19)では寺山が出演しインタビューを受けている。緑摩子の司会で「テレビで一分間、話しかけてみませんか」というドキュメンタリー番組があったが、寺山はこの取材を纏め「東京零年」に書いている。[21]また、中年の男2が話す「サウンドバック」は映画『書を捨てよ、町へでよう』では重要なキーワードになっている。だが、当時の世相を映したものであるとはいえ、五十数年の時間を重ねると、リアリティーが幾分か減少している。

寺山はドラマにクラシック音楽や軽音楽を使う際、ちょうど、中世演劇で、天上界と地上界を取り仕きる境界線のような効果を醸し出している。先ず、『煌く星座』佐伯孝夫作詞、佐々木俊一作曲がコラージュされる。

男純情の
愛の星の色
冴えて夜空に唯ひとつ
あふれる想い
春を呼んでは夢見ては
うれしく輝くよ
思い込んだら命がけ
男の心
燃える希望だ憧れだ
燦めく金の星
何故に流れ来る熱い涙やら

これが若さと云うものさ
楽しじゃないか強い額に星の色
うつして歌おうよ生きる命は一筋に
男のこころ燃える希望だ憧れだ
燦めく金の星（Website;Yahoo Japan, 2008/02/14）
こうして、歌謡曲が引用された直後、モーツアルト交響曲四十一番『ジュピター』のアレグロ・ヴィヴァーチェが絶妙に挿入される。次いで、古賀政男作詞作曲『影を慕いて』がコラージュされる。
まぼろしの影を慕いて雨に日に
月にやるせぬ吾が想い
つつめば燃ゆる胸の火に
身は焦がれつつしのび泣く
わびしさよせめて傷みのなぐさめに
ギターをとりて爪弾けば
どこまで時雨ゆく秋ぞ
トレモロ淋し身は悲し
君故に永き人生を霜枯れて
永遠に春見ぬ我がさだめ
永ろうべきか空蝉の
儚き影よ我が恋よ（Website;Yahoo Japan, 2008/02/14）
寺山は、『ジュピター』ばかりでなく、ニーノ・ロータの音楽を挿入するが、フェリーニの映画音楽から影響を受けたことをここに読み取ることが出来る。

7 寺山修司の『さらば映画よ』（スタァ篇）にみるアッサンブラージュ

『さらば映画よ』の『スター篇』は殆どコラージュばかりで出来た作品である。先ず、寺山は、中年の女の台詞を『舞踏会の手帖』からコラージュしている。[22]

中年の女　「誰一人昔の人は残っていませんわ。舞踏会の手帖に残っているだけですわ。誰もかも青春を裏切ってしまった。私は夢を抱い出てきましたが、今絶望を抱いて帰るのです。人生は私の持物を変えてしまったのです」。・・・マリー・ベルの台詞。何もそう、絶望をかくすこともないのに。（八〇頁）

寺山は、この中年の女の台詞を『格子なき牢獄』（一七九頁）からとり、そして感化院長アベル役マキシミリエンヌとネリイ役コリーヌ・リシュエールの台詞をコラージュしている。ここでは、中年女が小間使いに口紅をさそうとするが、直接、映画『格子なき牢獄』と関係がない。

中年の女　「きままに・・・自分の娘のように扱っているのに壁を飛び越えて逃げるなんて・・・もう二度としないね?今度ぎりだね?分ったね?今度やったらけだものみたいに鎖でつないでおくからね」。

小間使　（驚いて逃げ出そうとする）

中年の女　大丈夫よ。あんたはコリーヌ・リシュエール。私はマキシミリエンヌ。これは映画の台詞なの。（八〇頁）

更に、寺山は映画『情婦マノン』（A．プレヴォーの『マノン・レスコー』）からセシル・オーブリのマノンをコラージュしている。

中年の女　さあ、きれいになった。とってもきれい。「情婦マノン」のセシル・オーブリみたいよ。（八一頁）

映画『情婦マノン』には、これに似たシーンはない。マノン役のセシル・オーブリは、いつも唇に印象的なメイキャップをしている。セシル・オーブリ役のマノンは恋人を捨てて英国の軍医についていかなかった。プルーストの『スワンの恋』では、オデットの愛人は英国人であったが、スワンを裏切り続ける。オデットは腕利きの娼婦であるが、いっぽうマノンは初心で薄命な娼婦として描かれている。
マノンの恋人ロベールはマノンの兄を殺害し、マノンに電話する場面がある。寺山は『家出のすすめ』のなかで「母ちゃん　ておくれだ　殺してしまった」と状況が類似した一文を書いている[23]。寺山は『家出のすすめ』の同文を映画からコラージュしたと思われる。だが、男が告白する相手は恋人から母親に変わっている。映画『情婦マノン』には、停電の場面がある。寺山が映画やドラマで使う闇はこの停電のシーンからのコラージュであるかもしれない。
続いて、寺山は『女だけの都』からコルネリアの台詞をコラージュしている。

中年の女　「悲しくなるお酒なら、飲まなきゃいいのに」――これは『女だけの都』の台詞です。

中年の女の台詞は『女だけの都』のフランソワアズ・ロゼエが演じるコルネリアの台詞（七四頁）のコラージュである。

コルネリア　悲しくなるお酒なら、飲まけりゃいいのに
Cornelia.　Quand on a le vin triste, on ne boit pas.[24]

更に、寺山は『ヒロシマわが愛』（邦名『二十四時間の情事』）から「彼」と「彼女」の会話を『さらば映画よ』にコラージュしている。

映画氏　「きみは何も見なかったのさ、夢の中で、スタジオで、なんにも」。
中年の女　（びっくりして）私はすべてを見たわ、何もかも。（八四頁）

中年の女と映画氏との会話は『ヒロシマわが愛』（邦名『二十四時間の情事』）のエマニュエル・リヴァが演じる「彼女」の声と岡田英次が演じる「彼」の声をコラージュしたものである。『ヒロシマわが愛』の中の台詞「広島」「病院」「博物館」「写真」が、『さらば映画よ』の中の台詞では、それぞれ、「夢」「スタジオ」「フィルム」「セット」に変わっている。二作品に共通するのは「観客」である。

寺山が他に殆どコラージュばかりで書いた芝居に『青ひげ公の城』がある。新高けい子さんによると「『青ひげ公の城』の稽古中、『青ひげ公の城』の台詞は他の作家のコラージュが多すぎるので度々不安になった」と回想する。さて、その後でもう一度『さらば映画よ（スタァ篇）』を上演した後、『青ひげ公の城』を上演して、劇団☆A.P.B-Tokyoは『さらば映画よ（スタァ篇）』を再演した。そこで、劇団☆A.P.B-Tokyoは二〇〇七年『さらば映画よ（スタァ篇）』の再演で、『青ひげ公の城』から台詞をコラージュし、また、実験映画『変身』からも台詞をコラージュし、更に『田園に死す』からの台詞もコラージュした。面白い試みであったが評判は今ひとつであった。

新高けい子さんによると「寺山さんの作品は、前作の作品からコラージュされるケースが多い」と回顧している。だが、寺山のコラージュ作品は必ずしも寺山の多作主義が原因だとはいえない。げんに、天野天街氏はコラージュから出来た作品が多いがどちらかといえば寡作の劇作家である。

また、新高さんは「寺山さんは篠田正浩監督と一緒に映画の仕事をしたが、篠田監督は寺山の映画論を書いていない」と嘆く。裏を返せば、新高さんは「篠田監督こそ、寺山の映画論を書くべき第一人者だ」といっているのと同じことになる。寺山は、デュラスの『ヒロシマわが愛』をコラージュしているが、デュラスもアラン・レネの要請で初めて映画台本を書き、次いで、自作の映画を撮ることになっていく。しかし、アラン・レネが書いたデュラスの映画論はない。[25]恐らく、寺山もデュラスも作家であり、次いで、映画監督になったのであり、篠田監督やアラン・レネのように最初から映画監督ではなかったのだから、篠田監督がエイゼンシュテインの映画論を書くようには寺山の映画を論じることが出来ないと考えたのではないだろうか。

8寺山修司の『ある男、ある夏』（一九六七）にみるアッサンブラージュ

寺山によると、ラジオドラマ『ある男、ある夏』は『さらば映画よ』と内容が似ているという。[26]『ある男、ある夏』でもハンフリー・ボガートが出てきて光媒体の映画のスクリーンとの関係に踏み込んでいるからだ

ろうか。女優の新高けい子さんは「寺山さんの作品の多くはそれぞれ関連があるようです。だから『ある男、ある夏』が『さらば映画よ』と似ているのは当然だと思います。『ある男、ある夏』は当時林檎童子さんが天井桟敷に入団した頃のドラマで新宿のライブハウスで上演しました。日替わりのダブルキャストで萩原朔美さんが演出しました。ラジオドラマを舞台で上演したわけですが、寺山さんは萩原さんにすっかり演出を任せてしまい、自分でラジオドラマを舞台台本に書き改めなかったようです」と回想する。

『ある男、ある夏』には、サン=テグジュペリ（Saint-Exupery）の『星の王子さま』（*Le Petit Prince*）から数多くのコラージュがある。星はあの世、もしくは、異次元の世界を指しているらしい。すると、『さらば映画よ』（ファン篇）のスクリーンも、映っている人間は生の人間ではないので、あの世、或いは異空間ということになる。

やがて、寺山はサン=テグジュペリの『星の王子さま』を脚色して寺山版『星の王子さま』を書き、そのテーマは『青ひげ公の城』へと繋がっていく。

『ある男、ある夏』の少女は、『星の王子さま』の点子や『青ひげ公の城』の妹に似ている。少女は異次元の世界の住民のようで、宮沢賢治のメルヘンの世界と繋がっているかもしれない。

少女が海の水について話すくだりは、宮沢賢治の銀河鉄道の世界を彷彿とさせ、このラジオドラマが幾分散文詩的なニュアンスがある。

この散文詩的なラジオドラマの背景にはＢＧＭとして、クラシックと歌謡曲とが絶妙のタイミングで流れ地上と宇宙とを繋ぐ効果を増幅させている。つまり、ドボルザークの交響曲『新世界』は、歌謡曲『一本どっこの唄』、黛ジュンの『霧のかなたに』、『浪曲子守唄』、『好きさ好きさ好きさ』が流れる合間に旋律が繰返し鳴り響く。Ｊ・Ａ・シーザー氏の回想によると、「寺山さんは音楽の効果をクラシックと歌謡曲とを絶妙に使い分けた」と語る。こうして、音楽はドボルザークの『新世界』をベースに、水前寺清子の『一本どっこの唄』（一九六六）を使い博多の男の心意気を現している。

また、寺山はこのラジオドラマに自作の『家出のすすめ』やジェームス・ギャグニー（Gagney. James）『情無用の街』『栄光の都』をコラージュして構成している。或いは、寺山は、このラジオドラマでハンフリー・ボガートが、「何度も生き直しができる」といっている。というのは、複製可能なスクリーンがあるからだ。

寺山がこのドラマに使った『星の王子さま』からのコラージュは数箇所ある。このことは、当時、寺山がサン＝テグジュペリの『星の王子さま』に関心が深かったことをうかがわせる。星は、夜空の星ではなく、心の中の星である。この星のイメージは寺山の映画に対する考え方と繋がりがあるように思われる。寺山は早速『星の王子さま』から自分のドラマにコラージュする。

「ぼくは、たいそうだいじなことを知りました。それは、王子さまのふるさとの星が、やっと家くらいのおおきさだということでした」（二一三頁）

寺山の引用箇所は原文と殆ど変らない。ここに原文を引用してみよう。

J'avais ainsi appris une seconde chose três importante: c'est que sa planète d'origine était a peine plus grande qu'une maison!(27)

ぼくはこうしてもうひとつ大変大切なことを知りました。それは王子さまの故郷の星が家くらいの大きさだということでした。

小さな星はあるけれども、そこに人間が住んでいるという発想はメルヘンの世界を指す。更に、寺山はコラージュを続ける。

「星があんなに美しいのも、目に見えない花がひとつあるからだよ」（二一三頁）

寺山が『星の王子さま』をコラージュする手法は、絵画のコラージュと類似している。天野天街氏は「自分の作品は自分のものはなく皆他から取ってきて構成したものです」と語ったことがある。寺山の場合は、ある男を飛行士にたとえ、星の王子さまを少女にたとえている。

Les etoiles sont belles, a cause d'une fleur que l'on ne voit pas…（p.303）

星が美しいのは、眼に見えない一本の花のせいなんだ。

続いて、寺山は『星の王子さま』から「次の星には呑み助が住んでいました」。（二一三頁）をコラージュしている。これは、かなり重要だと思われる。

La planète suivante était habitee par un buveur. Cette visite fut très courte mais elle plongea le petit prince dans une grande mélancolie: Que fais-tu la? dit-il au buveur, qu'il trouva installé en silence devant une collection de bouteilles vides et une collection de bouteilles pleines.

- Je bois, réspondit le buveur, d'un air lugubre.
- Pourquoi bois-tu? Lui demanda le petit prince.
- Pour oublier, répondit le buveur.
- Pour oublier quoi? s'enquit le petit prince qui déja le plaignait.
- Pour oublier que j'ai honte, avoua le buveur en baissant la tete.
- Honte de quoi de quoi? s'informa le petit prince qui désirait le secourir.
- Honte de boire! acheva le buveur qui s'enferma définitivement dans le silence.

Et le petit prince s'en fut, perplexe.

Les grandes personnes sont décidément très très bizarres, se disait-il en lui-même durant le voyage. (p.271)

次の星には呑み助が住んでいた。王子さまは大変短い訪問でしたが、呑み助はひどく憂鬱にかかっていました。

「何してるの、そこで?」王子さまは呑み助を見て尋ねました。呑み助は空のビンといっぱい入ったビンの前で黙っていました。

「飲んでるよ」呑み助は泣きそうな様子で答えました。

「何故、飲むの?」王子さまは彼に尋ねた。

「忘れるためにさ」と呑み助は答えた。

「何を忘れるためにさ?」王子さまはもう彼に気の毒になって尋ねた。

「恥ずかしさを忘れるためにさ」と、呑み助は頭を低くして告白した。
「何が恥ずかしいの」と王子さまは彼を引き立てようとして尋ねました。
「飲むのが恥ずかしいのさ」と言うや否や呑み助は沈黙してしまいました。
それで、王子さまは当惑して立ち去りました。
大人はとてもとても奇妙だと、王子さまは旅を続けながら独り言を言いました。

このコラージュに下線をした部分は、寺山がサン＝テグジュペリの滑稽な一面を取り入れただけではなく、「何故」を連発していることが注目されるだろう。寺山がインタビュー番組『あなたは・・・』で「質問」をよくしたことは知られている。寺山の「質問」の性癖は星の王子さまの質問癖にあるのかもしれない。また、寺山が少年のような心をいつまでも持ち続けたのも星の王子さまとの繋がりがあるかもしれない。

また、音楽に歌謡曲を使い黛ジュンの『霧のかなたに』（作詞：なかにし礼、作曲：中島安敏一九六七・七・五）「愛しながら 別れた 二度と逢えぬ 人よ 後姿 さみしく 霧のかなたへ…」をコラージュしているが、『新世界』の宇宙と世俗の歌謡曲とをコントラストを付けて効果的に現している。

或いは「人間蒸発」（二一四頁）（一九六七年）をコラージュしているが、寺山が、今村昌平が『人間蒸発』を同年に制作した映画に関心があったことを示している。[28]

更に、少女がある男の目の前に出現し質問をする。

「目が三つで、手が一本で、足が六本のもの、なあに？」（二一六頁）
ある男が質問に答えられないので、少女は答える。
「丹下左膳がおウマにのってるところよ」（二一七頁）

この少女は霊的存在で、星の王子さまのように砂漠ではないが、孤独なある男の前に出現する。また、『星の王子さま』のようにはドラマチックではないにしても、明らかによく似た「異空間」である。

寺山はしばしば質問をドラマや映画に用いる。『書を捨てよ、町へ出よう』の父親はクイズ好きである。この父親も働こうとしないでぶらぶらしている。

このラジオドラマ『ある男、ある夏』にはもコラージュが多い。そのひとつ「川口小枝にちょっとエッチな一〇〇の質問」（二一五頁）は当時、女優の川口小枝さんが映画で話題になったことを示している。

また、少女は、寺山版『青ひげ公の城』の〝いもうと〟を暗示している。少女は寺山版『星の王子さま』の点子や『青ひげ公の城』の妹とよく似たキャラクターであり、点子も妹も霊的な世界とつながりがあることが分かってくる。

ジャン・ジャック書房のウエブ・サイト（2008.1.14）によると、高波秋著『銀河鉄道と星の王子』（二つのファンタジーの、接点）では、『銀河鉄道の夜』について、主人公・カムパネルラのモデルが、宮沢賢治の死んだ妹・トシであるようだ。寺山の作品には兄と妹がしばしば登場するが、もしかしたら宮沢賢治の影響があるのかもしれない。後年、寺山は、『奴婢訓』の中で、宮沢賢治の多くの作品をコラージュしている。

また、寺山の数多くの作品には姨捨物語に関連した物語からのコラージュが多い。

老女1　この世で役に立たないもの・・・は、あたし。（二一七頁）

寺山は役に立たないものの例として、老婆をよくドラマに出してくる。サン＝テグジュペリの『星の王子さま』には「やくにたたない」ものとして薔薇のとげを引き合いに出している。

Et ce n'est pas sérieux de chercher à comprendre pourquoi elles se donnent tant de mal pour se fabriquer des épines qui ne serent jamiai à rien? (p.255)

でも、花は何故さんざん苦労して何の役にも立たないとげを作るのか、そのわけを知ろうというのが大事なことじゃないって言うのか？

『ある男ある夏』は、寺山がサン＝テグジュペリ『星の王子さま』に対して下した解釈であり、寺山の宇宙観や演劇のコンセプトの核を表しているのかもしれない。

また、『ある男、ある夏』と同じように『書を捨てよ、町へでよう』と『レミング』等にも老婆が出てくる。

寺山の劇や映画には母と子の関係は母が老婆となり、子供が大人になった関係に変化した形でしばしば登場する。また、家族が捨てたのはおばあさんだけではない。寺山のドラマには家族を捨てて家出する人物が多く登場する。歌謡曲もその例外ではない。

「浪曲子守唄」作詞 越純平・作曲 越純平唄 一節太郎「逃げた女房にゃ未練はないが、お乳欲しがるこの子がかわい」（www.biwa.ne.jp/~kebuta/MIDI/MIDI-htm/Rokyokukoriuta.htm, 2008/02/14）

少女の異次元の世界は、寺山の詩の世界と関係している。

少女「海の水がいつの間にか、ふつうの水に変ってしまっているんだもの」（二二〇頁）

右の少女の言葉は『寺山修司少女詩詩集』「海」「海を見せる」の一節と繋がりがある。

五月の海に、ぼくはバケツをもって近づき、なかでも一番青い部分を汲んできました。大急ぎで駆け戻り、「さあ、持ってきてやったぞ」と病室に駆け込みました。そして

「これが海だ！」と言いました。

でも、バケツに汲まれた海は、青くもなかったし、怒涛もありませんでした。[29]

寺山が海に対する好奇心は水の精に対する強い関心の表れだと思われる。海の波はウンデUndaであり、フーケ（Fouque, F. de la Motte）は水の精の乙女『ウンデイーネ』（*Undine*）を書き、アンデルセン（Andersen, Hans Christian,）がフーケの水の精をもとに『人魚姫』（*The Little Mermaid*）を脚色し、寺山も『人魚姫』を人形劇に仕立て直している。

寺山は詩の世界に、歌謡曲をコラージュしている。中世演劇では、天国、地上、地獄の三層を舞台化している。寺山は霊的世界を舞台に表しているので、中性演劇の舞台構成に幾分似ている。

カーナビーツの「好きさ好きさ好きさ・・・」（二二一頁）

右の台詞は「好きさ好きさ好きさ」（一九六七年六月、漣健児作詞、クリス・ホワイト（White, Chris）作曲からのコラージュである。寺山は、『新世界』を音楽として使ったのは、宇宙を表すためであり、コントラストとして歌謡曲を地球の現実として表すために使っている。劇の結末で、少女は死に、ある男は、『星の王子さま』で私が星の王子さまを失ったようにメランコリックに変っていく。

「苦しみは変らない。変るのは希望だけだ」（二二三頁）

寺山は右の台詞をアンドレ・マルロー（Andre Malraux）の『侮蔑の時代』（*Le Temps du Mepris*）からコラージュしている。

…ce n'est pas la souffrance qui change, c'est l'espoir…[30]

変わるのは苦痛ではなく、変わるのは希望です…

寺山は、孤独な日常生活者の思いを、マルローの小説『侮蔑の時代』から取ってコラージュしている。そして、この寺山のコラージュはこのドラマとマルローの小説とが裏と表の関係のように見えるが、双方とも孤独を表していることに変りはない。寺山は、平和な世界の孤独な日常生活とナチスの拷問とをパラレルに扱って、同じ言葉の意味が不条理にはならず心に残るものだということを示したものと思われる。この劇の場合、少女の死と後に残されたある男との孤独には、マルローの小説の場合、拷問で死んだ者と後に残された者との気持ちに共通した思いが示されている。両者に共通している気持ちは、死んだ者に対して生き残った者の心には、苦しみが残り、また生きながらえた者の心には、束の間とはいえ希望が残るということなのだろうか。しかし、その希望も明日は苦しみに変るかも知れない。だから、束の間とはいえ、「変わるのは希望だけだ」と言っているのだろう。或いは、寺山はサン＝テグジュペリが孤独のまま『星の王子さま』を終らせているのに対して、寺山は「希望」を訴え、次いで、サン＝テグジュペリの『星の王子さま』を批判して書いた寺山版『星の王子さま』で、「言葉が眠るときかの世界が目覚める」[31]をコラージュしてサン＝テグジュペリからの影響を脱しようとしたのであろう。しかし、実際には、寺山はバルトーク（Bartok, Bela）の孤独な世界に共感し寺山版『青ひげ公の城』を脚色することになっていく。寺山は、ある男の性格について次のように述べている。

私は「自分自身」とうまくつきあっている「現代人」ではなく、どうしても「自分自身を好きになれない一人の男」を主人公にして、幸福論を考えてみたいと思ったのであった。（二八五頁）

ある男の虚無感は、『侮蔑の時代』の主人公の虚無感と幾分似ている。二人とも自分自身が好きになれない一人の男であり、二人とも、ある女性に惹かれている。しかし寺山の新機軸は、戦争やナチスの拷問をポップアートに乗せて軽薄な日常生活に風穴を開けようとしたところにある。

「ある男」の内的現実と、外的現実、おしゃべり、無駄口といったものを、ジャン・リュック・ゴダール氏の手法のように、アトランダムに羅列した一寸した戯画のこころみです。（二〇七頁）

ゴダール（Godard Jean-Luc）が描く死は平和な日常世界に置かれたオブジェのように生々しさが少ない。しかし、ひっくり返してみると、戦場の虚無感は、平和時に単に無作為に並べられた物としての虚無感と繋がっているようにも思われる。ゴダールがスクリーンに現す死体はあくまでもオブジェで、生の死体が発する悪臭とは無縁である。だが、ある意味で、ベトナムで人殺しをして英雄になった男が平和なアメリカで銃の乱射事件を起こして犯罪者になるのと似て、寺山の描いた「ある男」の狂気はナチスの拷問から奇跡的に生還した男が平和な世界で懐く狂気と似ている。それを、寺山は、マルローの「苦しみは変らないが変わるのは希望だけだ」の一文にその虚無の匂いを読み取ったのかもしれない。

また、このコラージュは、ネフローゼ症候群で、病に臥していた寺山の闘病生活と符合するようにも思われる。しかし、実は、この言葉は、『侮蔑の時代』の中でナチスの拷問を受けた男性ではなく、戦火の背後で苦しむ女性の立場から書かれている。実際には、男性の主人公が拷問で苦しむときに発する言葉のほうに真意が近いように思われるが、女性が男性を待つ孤独の方に寺山は共感したのかもしれない。

寺山が、気に入った一節をコラージュして戯曲を書くスタイルは初期の頃からあった。これらのコラージュのような数多くの引用は寺山が少年の頃からあった。佐々木幸綱氏が指摘するように、既に、寺山は俳句や短歌を作るときも人の作品からフレーズをコラージュして作歌した。

マッチするつかのま海に霧深し身捨つるほどに祖国はありや（寺山修司）
夜の湖ああ白い手に燐寸の火（西東三鬼）
一本のマッチをすれば湖は霧（富沢赤黄男）
めつむれば祖国は蒼き海の上（同）

このように草田男や三鬼、赤黄男らの句をベースにした短歌が模倣だといって批判の対象となったのであった。今から四〇年も昔の話である。赤瀬川原平が千円札を印刷した作を「紙幣の模型」という作品だとして告訴されたのが一九六五年、マッド・アマノが白川議員の作品を合成利用、訴えられたのが一九七一年のことだった。映像の分野でもコピー、コラージュが認知される以前のこと、寺山は苦戦をしいられた。[32]

佐々木氏が指摘するように、寺山がコラージュしたフレーズは全体の一部として構成を模っているのではなくて、宝石のように、一部一部が独立して詩的な光を放っているのである。

『ある男、ある夏』のドラマの上演は一九六八年二月新宿のモダンアートで初演された。女優の林檎童子さんは当時少女役を演じた。林檎童子さんは当時入団したばかりで、しかも、寺山は忙しく、萩原朔美氏の演出のもとで、ダブルキャストで出演した。演出家が東由多加であれば演出の駄目だしもあったが、パーラー風のステージでちょっとした寸劇を演じるようにして上演したという。

9 劇団☆A.P.B-Tokyoの『さらば映画よ（スタァ篇）』にみるコラージュ

劇団☆A.P.B-Tokyoの『さらば映画よ　スタァ篇』のパンフレットには次のような紹介があった。

一人の女優が三流ホテルの一室に入ってくるところから物語は始まる。女優といっても、髪かたち着ているものは「少女」を思わせる。派手なドレスに毛皮のコートを纏っているが、片手には人形を抱いている。スターに憧れ、映画に憧れ、セリフを何度も何度も繰り返しているうちに、台本の中にしか自分を見つけ出すことが出来なくなってしまう。「スクリーンの運命…一度映されたというだけで、忘れられなくなってしまう幻…」もう一つの世界、夢の世界へ行ってしまった、哀しくも美しい女の物語。すぐ消えるスクリーンとすれちがいざまに、あのまぼろしの正体を手にさわり肌に感じてみたかったんです…

『さらば映画よ』（スタァ篇）の舞台では、他に、『田園に死す』、『審判』、『ノック』からのコラージュがあった。公演前に、早稲田大学の大隈小講堂で『田園に死す』や『さらば箱舟』の上映のあと、劇団☆A.P.B-Tokyoのパフォーマンスがあった。役者たちが「未だ映画は終わっていない」といって、会場になだれ込み、観客とスクリーンと劇場とを一体化させようという試みであった。発案者は、早稲田大学教授の安藤紘平氏であったが、「寺山に魅せられた人は皆、寺山のスクリーンに入っていく」というコンセプトがあった。会場には、元天井桟敷の関係者が大勢いたが「寺山も会場に駆けつけてきている」と九條今日子氏らが囁いていた。

10 まとめ

『さらば映画よ』はコラージュが多く、全体的には合成画像を見ているような錯覚に陥る。寺山は『青ひげ公の城』でも、実に多くの作品からコラージュしている。加えて、寺山が脚色した青ひげ公のように、ハンフリー・ボガートも映画氏も光線で実体がない。

『さらば映画よ』は寺山の映画を考えるうえで重要なドラマである。寺山は映画『カサブランカ』の物語よりも、ハンフリー・ボガートという光線と化した光の微粒子に関心が深かった。寺山は実在のハンフリー・ボガートよりも手に触れることの出来ない光線としての媒体に惹かれ、夢想を媒体にして光媒体のボガートに接近を試み続けたといってもよいのではないか。それが、寺山にとってのドゥーブルの意味であり、不死の正体で、代理人であり、アッサンブラージュでもあった。

注

(1) 寺山修司「かわりの男」論（『映画芸術』No.200、一九六四・五）、三六頁参照。
(2) Koch, Howard, *Casablanca: The complete script and legend behind the film* (The Overlook Press, 1983), p.23.
(3)「特集・前衛芸術　座談会　本質論的前衛演劇論」（『三田文学』五四巻一一号一九六七・十一）、一五頁と三五頁参照。
(4) Bonnard, Abel, *L'amitié* (Librairie Hachette,1928), p.37.

(5) 三沢寺山修司記念館ＨＰ「寺山修司の足跡」「年表」「寺山修司、（三九歳）一九七五年、南仏ツーロンの「若い映画」祭でマルグリット・デュラスと共に審査員をつとめる。」
(6) Duras, Marguerite, *Hiroshima mon amour* (Gallimard, 1960), pp.22-23. 以下同書からの引用は頁数のみを記す。
(7) 鈴木和成『愛について―プルースト、デュラスと』（紀伊国屋書店、二〇〇一）、二七四―七頁。
(8) 三島由紀夫『弱法師』（『三島由紀夫戯曲全集』下巻、新潮社、一九九〇）一五四―一五五頁参照。
(9) Proust, Marcel, *A la recherche du temps perdu*, (nrf, 1954), 四四頁参照。
(10) 吉田喜重「アラン・レネについて」（『現代のシネマ5アラン・レネ』三一書房、一九六九）、二九三―三〇二頁参照。
(11) Milun, A.A., *The Complete Tales & Poems of Winnie-the-Pooh* (Anytime Books, 1996), p.431.
(12) 寺山修司『墓場まで何マイル？』（角川春樹事務所、二〇〇〇）二三頁。
(13) 『さらば映画よ』（『悲劇喜劇』早川書房、一九六六・五）、七〇頁。
(14) 寺山修司『地下想像力』（講談社、一九七一）六四―五頁。
(15) 『三田文学』の「特集・前衛芸術」（一九六七・十一）一五頁。以下同書からの引用は頁数のみ記す。
(16) 寺山修司「春本なればこそ「娼婦しの」の描かなかった部分」（『映画芸術』No.223、一九六六・四）、三八頁。
(17) 寺山修司『誰か故郷を想はざる』の「春画」（角川文庫、二〇〇五）、九九―一〇二頁。
(18) 『寺山修司の戯曲』１（思潮社、一九八三）、二七四―五頁。
(19) Maqrcuse, Herbert, *Eros and Civilization* (Beacon, 1955), p.145. 以下同書からの引用は頁数のみを記す。
(20) ユルゲン・ハーバーマス『マルクーゼ「マルクーゼの途」「マルクーゼ論集」への序文』杉橋陽一訳『現代思想』（通巻I―07号（一九七三・七）四五―六三頁参照。
(21) 緑摩子映画『非行少女ヨーコ』「詩人の寺山修司がゲスト出演する一九六六年三月公開（東映ビデオ株式会社作成二〇〇七年十二月七日発売ＤＶＤ）。寺山修司「東京零年―「幸福論」は可能であるか―」（『展望』筑摩書房、第一〇四号、一九六七・八）、九四―一〇五頁参照。
(22) 『舞踏会の手帖』（『キネマ旬報』一九五九・一）、一七三頁。以下同書からの引用は頁数のみ記す。
(23) 寺山修司『家出のすすめ』（角川文庫一九九三）二一〇頁。
(24) Feyder.Jacues, *La Kermesse Héroïque* (L'Avant-Scène, 1963.5.15-26) p.41.

(25) ブヌール、ガストン『レネ』岡本利男訳（三一書房、一九六九）、「レネは「あなたは映画を作らないし、映画に対する眼を持っていない」などとはけっして口にしたことのない唯一の映画人だ。（二五五頁参照）

(26) 『寺山修司の戯曲』1（思潮社、一九八三）「この作品の発端は「さらば映画よ」によく似ている」（二八五頁参照）という。

(27) *Saint-Exupéry Oeuvres Complètes II* (nrf Gallimard, 1999), p.244. 以下同書からの引用は頁数のみ記す。

(28) 今村昌平『人間蒸発』（今村プロ・ATG、一九六七）、『今村昌平の映画』（芳賀書店、一九七一）

(29) 『寺山修司少女詩詩集』「海」「海を見せる」（角川文庫、二〇〇五）、一六頁。

(30) Malraux André, *Le Temps du Mepris, Oeuvres complètes 1* (nrf Gallimard, 1989), p.835.

(31) 『寺山修司の劇曲』第四巻（思潮社、一九七一）、八二頁。

(32) 佐々木幸綱「寺山修司の世界」（『國文学』二月号第三九巻三号、一九九四）、七頁。

参考文献

Koch, Howard, *Casablanca; The complete script and legend behind the film* (The Overlook Press, 1983)

Koch, Howard, *Casablanca; Script and Legend The 50th Anniversary Edtion* (The Overlook Press, 1992)

Bonnard, Abel, *L'Amitie* (Librairie Hachette, 1928)

The Complete Tales & Poems of Winnie-Pooh (Anytime Books, 1996)

La Kermesse Heroique, L'Avant Scene Cinema (1963.5.15)

Resnais Alain, *Hiroshima Mon Amour* (Armand Colin, 2005)

Duras, Marguerite, *Hiroshima Mon Amour* (Gallimard, 1960)

Duras, Marguerite, *Hiroshima Mon Amour* (Grove Press, 1961)

Duras, Marguerite, *Romans Cinema Theatre Un Parcours 1943-1993* (Quarto Gallimard, 1997)

Duras, Marguerite, *Eden Cinema* (Actes Sud - Papiers, 1988)

Duras, Marguerite, *La Pluie D'ETE* (P.O.L, 1990)

Duras, Marguerite, *La Pute De La Cote Normande* (Minuit, 1986)

Rykner, Arnaud, *Theatres du Nouveau Roman Sarraute～Pinget～Duras* (Jose Corti, 1988)
Armel, Aliette, Duras, *Marguerite et l'autobiographie* (LeCastor Astral, 1990)
David, Michel, *Marguerite Duras: une ecriture de la Jouissance* (Desclee de Brouwer, 1994)
Lebelley, Frederique, *Duras ou le poids d'une plume* (Grasset, 1994)
Marguerite Duras Verite et legendes Photographies inedites Collection Jean Mascolo Texte Alain Vircondelet (Editions Du Chene, 1996)
Antoine de Saint-Exupery, Oeuvres complete II (Nrf Gallimard, 1990)
Andre Malraux Oeuvres complete I (Nrf Gallimard, 1989)
Marcuse, Herbert, *Eros and Civilization* (Beacon Press, 1966)
Prevost Abbe, *Manon Lescaut* (Garnier Freres, 1965)
『悲劇喜劇』No.一八七（早川書房、一九九六・五）
『映画評論シナリオ』第二五巻一〇号（映画出版社、一九六八・十）
『寺山修司の戯曲』1（思潮社、一九八三）
『舞踏会の手帖』あなたの詩集4、寺山修司編集（新書館、一九七二）
コック、ハワード、『カサブランカ』隅田たけ子訳（新書館、一九七七）
『キネマ旬報』「世界傑作シナリオ集」（キネマ旬報社、一九五九・一）
『映画芸術』第一四巻第四号（映画芸術社、一九六六・四）
ブーヌール、ガストン、『アラン・レネ　現代のシネマ5』岡本利雄訳（三一書房、一九六九）
堀田郷弘『アンドレ・マルロー』（高文堂出版社、一九八八）
マルグリット・デュラス、ドミニク・ノゲース『デュラス、映画を語る』岡村民夫訳（みすず書房、二〇〇三）
鈴村和成『愛について―プルースト、デュラスと』（紀伊国屋書店、二〇〇一）
マンソー、ミシェル『友人デュラス』田中倫郎訳（河出書房新社、一九九九）
マルグリット、マルグリット、『アウトサイド』（晶文社、一九九九）

第六章

第一節

寺山修司による映像構造のアヴァンギャルドとメインカルチャーとしての新しい映画表現

松本　杏奴

1 まえおき

かつて、寺山修司という、天才とも、いかがわしいアウトサイダーとも言われた大芸術家がいた。寺山は、若いころから俳句、短歌で脚光を浴び、早稲田大学在学中に第二回「短歌研究」の特選を受賞、その後、ラジオドラマの脚本、詩、小説、映画の脚本などそれぞれの分野で話題となり、時代の寵児となった。そんな中、演劇集団「天井桟敷」を立ち上げアングラ文化の象徴的存在となり、その後、写真家、そして映画監督として実験的な映画を作り、四十七歳の若さで急逝した。

今日、寺山の伝説にあこがれ、その思想、魅力的かつ刺激的な行為を慕う若者たちは少なくない。ただ、その活躍がメディアの広範にわたり、その表現行為があまりにも難解でアヴァンギャルドであるため、それらを映画構造として体系づけ俯瞰した研究はまだない。

2目的と組み立て

本稿では、寺山修司の演劇構造から映画構造への展開、さらに新しい映画の表現として、どのような思想に基づいてさまざまな実験映画を作り出しているかを作品を通して検証し、その前衛性が、現在のメインカルチャーとしての新しい表現にどう収斂し影響を与えているかを考察する。寺山は映画を見る観客とスクリーンの中の世界の一体化が映画にいかに影響を与えているかを分析した。寺山は、演劇は俳優が半分作り、後の半分は観客が作ると考え、映画や舞台をリアルなものとして紹介している。

3『さらば映画よ』と寺山修司の映画構造

3-1 寺山修司の映画構造を考察

『さらば映画よ』(ファン篇)では、寺山修司による映画論の思想的背景が類推される演劇『さらば映画よ』(ファン篇)を検証し、寺山の映画構造を考察する。

寺山の『さらば映画よ』(ファン篇)は演劇であるが映画ともいえる作品である。寺山は『カサブランカ』の主人公、ハンフリー・ボガートが亡くなった後にオマージュとして『さらば映画よ』(ファン篇)を書いた。『さらば映画よ』(ファン篇)に登場する中年同性愛の男性カップルが映画『カサブランカ』のハンフリー・ボガートの話をしている。痴話げんかの中、ラグビーボールが観客席に飛んでくるラストシーンは主体と客体である観客との転換と考えられ、前衛的で挑発的であるといえる。

また『さらば映画よ』(ファン篇)では、出演者が映画の主役になったと思い込んでスクリーンに飛び込んでしまったと仮定し、新しい方法で寺山の映画を創ることになる。これは舞台をスクリーンとして考え出した演劇と映画とのドッキングではないだろうか。

寺山は、『さらば映画よ』（ファン篇）の中で、既成の映画を破壊し、持論の夢の映画を想像力によって作り上げて展開している。したがって、『さらば映画よ』（ファン篇）で語られる『カサブランカ』に出てくる俳優ハンフリー・ボガートは、夢を媒体にして語られている。『さらば映画よ』（ファン篇）に出てくる中年の男は、実際のボカートがスクリーンに入り込み、病気で死んだ後、形がなくなり、スクリーンの中を住処にしたと夢想する。そして、中年の男もスクリーンの中に死に場所を求めるかのように、生身の肉体を映像化しようとする。このスクリーンを死に場所としているのは、演劇のステージの上で俳優が交わす会話である。

3-2 大停電による寺山の映画論

一九六五年十一月九日にニューヨークで大停電があったが、ニューヨークを中心に被害が大きかったことから、一九六五年ニューヨーク大停電などとも呼ばれている。この停電により、二五〇〇万人と207,000 km^2の地域で十二時間、電気が供給されない状態となった。しかし、この大停電は寺山の映画論に更に深い暗示を与えている。『さらば映画よ』（ファン篇）の「停電」は観客が想像力を発揮するのに良い機会だと考えた。そして、『さらば映画よ』（ファン篇）ではニューヨークの大停電が引用されている。

『さらば映画よ』（ファン篇）の中年の男2の台詞に次のようなセリフがある。

「そう。部屋の中にだって星はありますよ。ただ見えないだけなんだ・・・（腰掛ける）私はニューヨークで突発した十二時間の停電について考えましたね。あの十二時間、ニューヨークの市民は何を待っただろうか、って、高層ビルのアパートの壁を見つめながら、三流のレストランの壁を見つめながら、刑務所のコンクリートの塀やアスファルトの舗道のスペースを見つめながら、みんなきっと「自分の映画」の始まりを待ってたのではないだろうか？時ならず鳴りわたるニーノ・ロータの音楽！そしてスーパーなしにいきなり

壁に映しだされる自分の顔。・・・」(1)

前述の文章から、中年男2の心に生じた変化が読み取れる。また、エッセイ『地下想像力』には、「演劇的想像力」の項がある。そのなかの「演劇みなエロス」の三番目に『さらば、映画よ』(ファン篇)の二人の中年男の男根表現」の解説がされている。その場面は中年の男2が、中年男1にハンフリー・ボガートの映画と役者の死を話している。

中年の男2・・・「いいですか?」と中年男2は念を押す。「ハンフリー・ボガード殺人事件の犯人は、映画の中の本人だったんですよ。彼は彼自身の代理人として、実にうまく立振るまい、しかもちゃんと生きのびていた。彼はどこにでもいながら『さわれない人間』なんだ。畜生!映画の中とは、またとないかくれがを見つけ出したもんだ・・・」中年男1は、次第に中年男2の狂気にたじろぎ、電灯をつけることを要求する。電球をつけると、幻の映画は終り現実の裸体が客の目にふれる。だが「虚構の性」は存在しなくなるのだから、その裸体は表現された肉体ではなく、ただの物体にかわってしまう筈だ。「ねえ、もう映画ごっこは止めて!」と中年男1は要求する。だが中年男2は止めない。彼の肉ははげしく見えないスクリーンの光にあぶられている。(2)

この解説を、ドラマ『さらば映画よ』(ファン篇)の同じ箇所と比較してみていくと、寺山の推敲の跡を辿ることが出来る。

中年の男2・・・いいですか?ハンフリー・ボガード殺人事件の犯人は、映画の中の本人だったんですよ。彼は彼自身の代理人として、実にうまく立振るまい、しかもちゃんと生きのびていた。彼はどこにでもいながら「さわれない人間」なんだ。畜生!映画の中とは、またとないかくれがを見つけ出したもんだ・・・しだいに声高になってきた中年の男2・・・壁のスイッチをひねる。室内は暗くなる。映写幕の白さだけが荒野のように場面にひろがる。暗くなった・・・(十七頁)

とある。右のドラマ『さらば映画よ』(ファン篇)からの台詞と5年後のエッセイ『地下想像力』の解説を比較すると、中年男2の肉体は解説の方がスクリーンとの距離が限りなく接近していくことが分かる。

寺山は『さらば映画よ』(ファン篇)を書いた翌年『三田文学』の「特集・前衛芸術」(1967.11)の対談で「頭脳も肉体だということを知らなければならない[3]」と切り出し、更に頭脳は言葉と異なると論じている。

つまり「肉体というのは非常に素晴しい。それはやはり肉体は鑑賞に耐えると思うな。だけれども肉体から切り離された人間の属性はたえないので、言葉というものが脳味噌から切り離されて存在するという場合、その言葉に俺たちはなんの興味ももたないのじゃないか。」(十五頁)

と、この対談で発言している。寺山は、舞台だけを念頭において発言しているのではなく映画も並列的に論じているとすると、頭脳は、スクリーンに置き換えることが出来るのではないか。それは、舞台上の役者の肉体について語りながら、同時に映画のスクリーンに光線化された肉体を念頭において、生の肉体と光線化された肉体とをパラレルに論じているからだ。

寺山は、ドラマ『さらば映画よ』(ファン篇)を念頭におき、ドラマの同じ場面でドラマとスクリーンとの両方に役者の肉体を並列に置いている。しかし、寺山は対談で専らドラマの肉体のみを語り、スクリーンに写された肉体を伏せて話さないので、役者の肉体のコンセプトが希薄になり抽象的になってみえる。

3-3 『さらば映画よ』を通して寺山の映画論の新機軸を追及

寺山は『さらば映画よ』(スター篇)では、映画氏(光線と化した媒体)が出て来て、中年の女性に向かい「君は何も見なかった」という。この台詞は、マルグリット・デュラス脚本、アラン・レネ監督の『二十四時間の情事』(=(広島、我が愛)に出てくる男性の台詞を、寺山がドラマにコラージュしたものである。『二十四時間の情事』は日本で公開中止になりかけた『夜と霧』の監督アラン・レネが、初めて監督した、日仏合作の形の劇映画である。そこには日本ロケにやってきた、戦時中ドイツ人を恋人に持ったフランス女優と、広島の日本人技師との一日の恋が描かれている。男性は女性に向かって「君は何も見なかった」(4)という。

この脚本を書いたデュラスには独自の考え方があり、映画では、無意識の記憶、例えば「夢」で見たことも「見た」としている。夢は、絶えず視点が変わり、眠りに落ちると今まで見た夢もすぐに消えてしまう。今まで見た夢の記憶は、無意識の中の記憶となり、移ろいやすく、現実に見た景色の記憶とは異なっている。『二十四時間の情事』では、女性が見たという被爆した広島の街が、無意識の記憶のような風景で現実の被爆した町の広島とは異なり夢のように曖昧模糊とし、男性は女性に「君は何も見なかった」というのである。

一方、寺山の『さらば映画よ』(スタア篇)では、登場人物の映画氏が「何も見なかった」と述べるのであるが、『二十四時間の情事』の「何も見なかった」とは異なる。寺山の場合、映画のスクリーンは闇の中で光線が見えるのだが、太陽の光のもとでは姿を消すという考えがある。したがって、「何も見なかった」のコンセプトを使っているのである。つまり、光線は闇の中で輝くものであり、白日の下では姿を消すもので、現実の人間の姿とは全く異なる。寺山はこのような意味で、ドラマの中で「映画氏は何も見なかった」と表している。

寺山は自分のコラージュ作品を見た際に自分の作品ではないが自分の作品であるかのように一種の眩暈を感じ、迷宮の入り口に立ったような感覚を覚えたのではないか。映画は、俳優本人ではなく光の微粒子と化した赤の他人が虚像となって映し出されている。寺山は、この本人ではないが、本人に似た映像に異常な関心を示し代理人としての映画について独自の見解を持っていたと伺える。

演じている人は映像であり、だまし絵のようなもので生の人間であると同時に映像ということになる。また、この作品にはハロルド・ピンターの『昔の日々』の中にある台詞に通じるもがあり、「起こらなかったことも起こったことのひとつだ」[5]という台詞は、現実の人間が映画を見てそれを現実にしたといえる。

寺山は『カサブランカ』を往年の映画として非常に評価していた。しかし観客が映画を受動的に受け入れるため、観客が映画に参加するというスタイルの映画としてはよく出来ていないと考えていた。そこで、代理人としての映画を否定した。つまり、観客にとっては受動的な映画であるのに対し、観客が映画に参加する新しい映画を『さらば映画よ』(スタア篇)の中で考案したと考えられる。

寺山は、演劇は俳優が半分作り、後の半分は観客が作ると考えていた。[6]

寺山はハワード・コッチ脚本の『カサブランカ』について観客が映画に参加する映画としてはよく出来ていないと考えていた。そこで、寺山は、観客が映画に参加する新しい映画を考案した。『さらば映画よ』(ファン篇)では、寺山がニューヨークの大停電を想定して、映画館が真っ暗闇になった後、観客は否が応でも、各自の想像力で自分の映画を作る事になるだろうと夢想した。また、『さらば映画よ』(スタア篇)では、観客の女性が、映画の主役になったと思い込み、スクリーンに飛び込んでしまったと仮定し、新しい技法で寺山は映画を作った。そして、『さらば映画よ』を通し、寺山は映画論の新機軸を追及した。

寺山は『さらば映画よ』(ファン篇)で、映画は、死んだ人も生きている人も住む不死の世界だと見ていた。現在と異なり、今からおよそ五十年前の日本の映画ファンたちは、映画を、憧れの国と見ていた。寺山の映画は、観客の心を写す映画で、既製の映画館のスクリーンとは異なる。寺山にとって、映画は人々が教育を受けるように、他人から押し付けられて映画を見るのではない。映画ファン各自が自分の意思によって映画を夢見る理想の世界でもある。『さらば映画よ』(ファン篇)に出てくるニューヨークの大停電は、近代機械文明の破綻を示している。だから、突然停電になった既製の映画館の暗闇の中で、文明人は、古代人が薄暗い洞窟の中で描いた岩絵のように暗闇を通して個性豊かなイマジネーションを獲得する。

以上の考察から、『さらば映画よ』は寺山の映画を考えるうえで重要な映画であると考える。寺山は映画『カサブランカ』の物語よりも、ハンフリー・ボガートという光線と化した光の微粒子に関心が深かった。そして寺山は実在のハンフリー・ボガートよりも手に触れることの出来ない光線としての媒体、つまり夢想を媒体とすることによって接近を試み続けた。それが寺山にとってのドゥーヴルの意味であり不死の正体で、代理人でもあったと考えられる。

寺山は観客が映画のスクリーンに入り込むことが出来る映画を『さらば映画よ』の中で考案した。

4 『書を捨てよ、町へ出よう』におけるスクリーンと客席との関係

4-1 客席との関係

『書を捨てよ、町へ出よう』におけるスクリーンと客席との関係では、第二章で導き出された映画の構造からスクリーンと客席との関係において、従来の映画の概念を超えた映画の在り方を示し、さらに、『ローラ』において現在も上映されている映画とそれを演じ続けて四十四年間をスクリーンの中に生きる森崎偏陸氏の人生を考察する。

一九七一年、寺山は自分自身が監督・製作・脚本を務める最初の映画『書を捨てよ、町に出よう』を上映した。今までの映画とは全くちがう考え方で作り出したこの作品は寺山の革新的映画であるといえる。

映画の冒頭のシーンは真っ暗の中、何も起こらない。これは寺山のいう暗黒をスクリーンにして、イマジネーションの映像を監督する、見えない犯罪映画、つまり、『停電映画』にあたるといえる。また、暗闇の数分後に青年の主人公「私」（北村英明）が画面からが現れ、語りかける。そして、主人公の北村英明（佐々木英明氏）は自己紹介と共に映画を見る観客を挑発する。これは、スクリーンの中とスクリーンの外の会話を作り出し、映画という枠を飛び越えて見るものを映画に引き込んだことになる。また、この先の物語は社

会自身をスクリーンとして、インタビューやハプニングなどをコラージュのような形として作っている。

舞台は一九七〇年の東京の新宿辺りに、津軽訛りの青年・北村英明が都電沿いのアパートに、無気力な父親と口うるさい祖母、そして「ウサギ変態」(7)の妹と一緒に暮らしている。様々な場所、人、出来事を巡り、怒りを募らせていく様子が描かれている。映画の冒頭では、この青年がスクリーンから語りかけてくる。青年は「そんなところに座って映画が始まるのを待っていたって何になるんだ」と、こちら側に話し続ける。話し続けた後に青年は映画の世界に入っていく。一九七〇年の東京から、この映画は一歩も世界を出ない。まるで、その時代、その場所を映画の中に閉じこめてしまおうとしているかのようである。この映画の中に一九七〇年の東京以外の「外」は存在しない。「外」とは、例えば主人公の青年の津軽訛りや、アパートの隣人が金さんであること等から随所に溢れている。しかし、その「外」は、この時代とこの場所に封じ込められており、結局は、すでに内側のものとなっている。実際はこのような一九七〇年はなかった上、東京でもなかったと思われる。名言と映画が随所に挿入される文学作品からの名言と映像が作品をさらに実験的に映画の構造を破壊している。

さらには、繁華街にペニス型のサンドバックを吊り下げ道行く人に殴らせ警察に規制され、主人公が歩行者天国で次から次へと道行く人に喧嘩を吹っかけるといった様々なドキュメンタリー風である。尚且つ、ハプニング的な映像も既存の映画に対しての挑戦だと取れる。このような東京は、おそらくどこにも存在せず、そのような時代もなかったと推測される。しかし、その時代が幻のようにあったことも確かだといえるのではないだろうか。存在しない時代と場所が、この映画の中の不可思議な世界を一瞬とはいえ存在したのである。その閉じられた東京の中で、主人公の青年は家族もろともに漂流するように生きている。また、この映画は基本的にカット割がなく、ワンカット・ワンシーンでドキュメンタリー的に撮られている。ドキュメンタリー的な緊迫感があり、一方でフィクションのユーモアもあり、映画という虚構性を問い直している。

寺山の意図が、映画の終わり近くになると入り組んでいることが分かる。フィクションの主人公の「私」は、北村英明ではなく、現実の佐々木英明氏がスクリーンの中に現れ、自分がフィクションの人物であることを明らかにしている。映画は出来あがると、どんなに様々な方法やイメージを詰め込まれていようが、それは固定され、毎日何度も映画館のみならずテレビやビデオ、DVD等で上映されている。決まりきった見せ方への寺山の苛立ちがそこから伝わってくるようだ。映画館であれば映画という道具を使い、何時までもパフォーマンスを続けられる、そんな可能性を映写室に求めている。フランスでは映画館に映写技師の名前が掲げられている。それを見た寺山は、「映画を作成するのはカメラが回る間だけでなく、上映中の映写機とスクリーンからイメージのさらなる層を構成することが可能である」と記述している。このことから、この作品は観客がスクリーンの外から楽しむものだけでなく、スクリーンの中でも楽しむ映画となっている。

4-2 成長し続ける映画

一九七四年に制作された16ミリフィルムによる9分の実験映画『ローラ』は成長し続ける映画といえる。この映画の特徴は『ローラ』に出演している森崎偏陸氏本人がいないと上演できないことである。つまりこれは、スクリーンの中が手で触れられる世界を実現して見せる映画である。

初演の『ローラ』は二十五歳のときの森崎偏陸氏が出演している。物語はスクリーンの中の女優たちに挑発された観客が映画の中に飛び込んでいく。つまり、実在している人物と、光の影で出来ている幻の人物たちという、異次元の人物との交流を描いた作品になっている。この映画は木枠に幅広のゴム紐を張り、組み立てて、中央に切れ込みを入れ、そこから役者が出入りする仕掛けとなっている。スクリーンに写る厚手のエンジ色のジャケットを着た当時二十五歳の森崎氏は、現在、六十九歳であるが、未だに彼は同じ服装、同じ体型を維持し、『ローラ』を上映し続けている。彼は現実世界とスクリーン内の虚構の世界とを行き来する役者としての役割を持っている。実際の観客席からスクリーンの中に入り込み、丸裸にされて追い出されるという役柄を、今でも演じるべく日本国内からパリまで縦横無尽に駆け回っている。故に上映では森崎氏が必要不可欠な存在なのである。『ローラ』は、永遠に生き続ける作品として寺山が森崎氏に託したといっても過言ではない。

そこで問題とされるのは映画が森崎氏の人生となっていることにある。この作品は寺山の思惑を通り越し、作品と生きる時間として、生身の人間が生きる時間が平行している。そして、ステージがスクリーンであるとすると、映画は舞台と観客をひとつにしたと考えられる。

森崎氏は上映される映画のために９分間は『ローラ』の出演者となり、彼の人生が映画となったのだ。これにより年を重ねるごとに映画が進化しているということが明らかになったといえるのではないだろうか。また、二〇〇九年に『へんりっく寺山修司の弟』では寺山の継承者・森崎氏の活動を追ったドキュメンタリーが上映された。森崎氏は高校時代に寺山修司の元に身を寄せ、「劇団天井桟敷」の一員となった。一九八三年の寺山の死後、森崎氏は寺山の母・はつに懇願され、同じく寺山の表現活動を支えてきた九條今日子とともに寺山籍に入ることで戸籍上、寺山の弟となる。寺山ワールドのトリックスターとしての運命を背負った森崎氏は、継承者として活動を継続した。寺山が森崎氏に遺した『ローラ』を携え、日本、そしてフランスへ飛び出して上映活動を行っている。その映画では舞台・映画・文筆などジャンルを超越した表現で世界的な評価を得た寺山のもとに身を寄せ、寺山の死後は、寺山家に入籍し戸籍上、寺山の弟になった森崎氏の活動と『ローラ』と共に生きるドキュメンタリーとなっている。

5　暗闇と釘そして反復運動

５では暗闇と釘そして反復運動の『ジャンケン戦争』、『盲人書簡』そしてスクリーンに釘を打つ映画『審判』を例に、寺山の映画構造を考察する。

5-1　永久反復としての『ジャンケン戦争』

『ジャンケン戦争』は一九七一年に作られた作品である。この映画は因果律による反復ではなく、ジャンケンという遊戯により、一つの状況が永久に反復してゆくことを表した作品である。スクリーンに現れる人間は、皇帝と将軍の二人の権力者であり、その二人がジャンケンをして、勝った方が負けた方を罰するという条件を作っている。そして処罰された後、再度二人はジャンケンをして、きわめて不条理で不毛な様子を、くり返しを延々とくり返すのである。長い場面を二人の俳優にコードネームだけを与えてあとは即興的に演じた場面である。

この映画構造はレーモン・ルーセルのアートと類似していると考える。ルーセルは、フランスの小説家で、詩人であり、奇想と言語との実験的作品がダダイスト、シュールレアリスト達に高く評価されていた。

ルーセルの場合、繰り返しでも文字を一字変えることにより、まったく別の意味を表している。

例：billard（撞球台）のbをpに変えるとpillard（盗賊）に変わる。(8)

右記のように文字が変わると意味も変わるのである。寺山の一連の作品は、題名は変わっても、内容は殆ど同じである。『ジャンケン戦争』はその一例である。

「ジャンケン」という遊びに「戦争」を加え、ジャンケンのような子供じみたゲームでさえも、必死にやると、大喧嘩になり、戦争に発展しかねないというのである。

また「ジャンケン」という言葉の繰り返しは、「だ、だ、だ、だ、だ、だ、」と無意味なことを繰り返す。従って、「ダダイズム」と「ジャンケン戦争」は、いつまでも、ジャンケンを繰り返す行為と似ている。

5-2　『審判』による釘の反復運動

釘うちの実験映画『審判』では、釘うちが果てしなく続いている。『審判』は白いペンキを塗った特性のスクリーンに投影され、その下には何本もの釘と金槌が置かれている。

スクリーンでは、道路に五寸釘を打ち込む男、開いた本のページに釘を打ち込む老人、巨大な釘を十字架のように背負う裸の男、男が金槌で釘を打つことによって身悶えする女など釘の反復運動をする人物たちが描かれている。

また、寺山映画における人物の運動様態も漫画やアニメーション的ともいえる。つまり寺山の映画における人物の動きは、ひと連なりの絵を循環させてキャラクターに同じ動作を反復させることと類似している。『審判』の中での釘を打つ運動はその好例であろう。最後に観客がスクリーンに釘を打ち込むことで映画は終わる。『審判』ではスクリーンに釘を打とうとステージに上がってくる観客らで映像がさえぎられ、同時にスクリーンは釘の壁と化していく。また同じイラストの繰り返しの観点からみると、アンディ・ウォーホルの「マリリン」の絵を繰り返しによってグラデーションを付けて何枚も書いたことが思い起こされる。終始、釘だらけの『審判』は、最後の7分間で観客たちが自らスクリーンに釘を打ち込んでいく。そして、白い光が投影されるだけのスクリーンの全体が釘に覆われたところで終る。この映画は、上映の度、ある程度異なった展開をする可能性を秘めている。

5-3 暗闇と『盲人書簡』

寺山は『盲人書簡（上海篇）』（公演場所によって（上海篇）の中の場所は変わる）で俳優ばかりでなく観客も同じ密室の世界に巻き込もうとしている。見えない演劇とされ、役者が観客の入場が終わると扉をふさぎ、非常灯なども消し、全くの暗闇の状態を作り出す。上映時間の半分は暗闇の状態であり、マッチ、照明などの光がランダムに照らすだけで観客は見えない演劇を想像力で自分だけの演劇を作り出すのだ。

ストーリーはマッチが1本擦られると、暗闇の中より浮かび上がる人物たちが語り始める。犬神博士の執刀で目の手術をした小林少年は、視力を取り戻すことなく闇の世界の中で、在りし日の明智小五郎を探し、上海の街を彷徨い始める。そこは暗黒都市であり、見えたかと思えば消える幻の黒蜥蜴が跋扈し、偽りの母が乱舞する。小林少年の見た世界は現実か、それとも虚構なのか、「見るためにもっと闇を！」(9)の言葉とともに幻想都市が崩壊していく。これは闇の中に、日常では見えない真実を見いだした幻想劇だ。

寺山の「闇」のアイディアが斬新なのは、役者も観客も真っ暗な密室で劇を共有することである。殊に、観客は俳優と違って暗闇に慣れていないから闇の恐怖をドラマチックに想起することは俳優よりも容易に体感出来るだろう。

『さらば映画よ』（ファン篇）の「停電」は観客が想像力を発揮するのには良い機会だと考えるが、寺山の『盲人書簡』の中の盲人の世界は、暗闇をもっと暗くして、もっとはっきりものを見ようとしている。つまり、停電になると目が見える人は、何も見えなくなるが、盲人は、暗闇でも、物が見える、というフランスの啓蒙思想家・作家ドゥニ・ディドロの考えが伺える。

寺山によれば、盲人は、夢の世界で、物を見ることができると考えた。そのアイディアは、ルイス・ブニュエルとサルバドール・ダリ合作の『アンダルシアの犬』の中で、俄か目くらになった人が見る夢の世界を映画で描いた。寺山の斬新さは、「盲人でも、夢を見ることができる」という発想であった。更に、寺山は自分が見ている夢は父親が見ている夢だと解釈している。

寺山は『盲人書簡』の中で小林少年が盲目となったのは、夢の中の世界であり、それは、「父が見ている」（八三頁）夢だと解釈している。

それだけではなく寺山は自作を毎日繰り返し上演するときでも、台詞や演出方法を変えた。かつて九條今日子が書いた回想録「さらばポーランド」を読むと天井桟敷のポーランド公演での様子が生々しく伝わってくる。九條はそのエッセイの中で寺山の密室劇『盲人書簡』について新たな解釈を付け加えているので寺山の密室劇の意外な描写に突然出くわすことになる。[10]

寺山が自作の『盲人書簡』を脚色し舞台の上に構築した闇の世界では、ディドロの原作『盲人書簡』をそのまま再現したものでも翻案したものでもない。それでも、寺山の『盲人書簡』には、ディドロが『盲人書簡』に示したコンセプトから受けた強い影響があったと思われる。一例として、停電になると、目が見える人は眼が見えなくなるが、盲人は、闇のほうがよく見える、という。寺山は、ディドロが『盲人書簡』に表わした闇のコンセプトから影響を受けた。寺山は自作の『盲人書簡』で生まれつきの盲人ではなく、『怪人二十面相』の小林少年が盲人になったと想定してプロットを作り変えている。

寺山はディドロの『盲人書簡』を忠実に脚色しているわけではない。寺山がドラマ化した『盲人書簡』には独特な迷宮に繋がる迷路が仕掛けられている。つまり、小林少年は盲人となったと思い込んでいるが、実は盲人ではない。小林少年が盲人なのか目が見えるのか分からないから迷宮の世界に落ち込むのである。第16場では助手がことの顛末を、夢を媒体にして、小林少年の夢と父の夢に出てくる小林少年を交えながら夢さえも二重にして迷宮のからくりを説明している。

寺山がディドロの『盲人書簡』のアイディアに触発されて自作の『盲人書簡』を書いたことは事実である。しかし、寺山は既に『さらば映画よ』（ファン篇）や実験映画『書を捨てよ、町へ出よう』でニューヨークの大停電の「闇」に覆われた映画館のスクリーンのように、観客は闇の中で盲人が計測するように自分の想像力を使って闇を計測し自分だけの映画を作ることを示した。

仮に、闇の世界は白昼の光よりもよくものが見えるとしたらどうだろう。実はこうした考え方は、寺山の演劇を考える上で特有の逆説を思わせるようにも考えられる。だが、ディドロの『盲人書簡』を読むと明らかになることがある。つまり、盲人の方が、数学と物理学を使って物との距離を計測し、眼の見える健常者よりも遥かに深くものを見ているのである。

6 記憶、夢と現実そして輪廻『田園に死す』、『さらば箱舟』

記憶、夢と現実そして輪廻『田園に死す』や『さらば箱舟』では、寺山の言う「世の中には現実はない。現実的な虚構と、エロス的な虚構があるだけだ」を実践するように現実のはずの自分と記憶、あるいは虚構の中の少年時代が遭遇し、死んだはずの人間と会話するなど、寺山の思想の中にある前衛性を考察する。

6-1 寺山の思想の中にある前衛性

6-2 『田園に死す』の舞台設定

『田園に死す』の舞台設定は父親のいない主人公の「私」が、恐山の麓の村で母と二人で暮らしている。「私」の唯一の楽しみといえば、イタコに父親の霊を呼び出させて会話をすることであった。シンクロして隣の家に住んでいる若い人妻を好きになる。ある日、村にやって来たサーカスへ遊びに行った「私」は、団員から外の世界の事を聞かされ、憧れを抱くようになり家出をすることを決心した。同じように生活が嫌になった隣の人妻と共に村を離れる約束をした。駅で待ち合わせをして線路を歩く二人は実はこれまで、映画監督となった現在の「私」が制作した自伝映画の一部である。試写会に来ていた人々は映画の出来映えを褒め、「私」を称えた。そして、評論家と一緒にスナックへと入った「私」は、「もし、君がタイムマシーンに乗って数百年をさかのぼり、君の三代前のおばあさんを殺したとしたら、現在の君はいなくなると思うか」と尋ねられた。質問の意味を深く考えていた「私」は、少年時代の自分自身に出会う。少年の「私」は、映画で描かれた少年時代は脚色されており、真実ではないと言い放つ。そして、本当の少年時代がどの様なものであったかを語る。村に住む人々はみな狂気じみており、サーカス団も実は変質者の集まりであった。人妻からは家出の計画を本気にしていなかったことを告げられ、目の前で人妻は愛人の男、嵐と心中してしまう。そんな中、少年は現在の「私」と出くわした。現在の「私」は、過去の「私」が母親を殺せば自分がどうなるのかを知るためにやって来たのである。二人は話をし、少年は母親を捨て上京しようと決意する。しかし、出発の準備の最中に東京からの出戻り女によって童貞を奪われてしまう。たまらなくなった少年は電車に乗り、故郷を離れていく。母殺しは起きず、「私」は少年を待ち続けるが何も変わりはしないのだ。今、現在の「私」は二〇年前の母親と向き合い、黙って食事をしている。やがて家の壁が崩壊すると、そこは新宿駅前の交差点であった。その周囲を沢山の人間が行きかっているが、それでも私と母は黙って飯を食べている。というラストシーンへと繋がっていく。

6-3 映画の中での映画の移動

現実だと思っていたのが実は映画で、作家は虚飾にまみれた映像（現在）を否定し過去の呪縛（母親）から逃れようと試みている。その象徴が壊れた「柱時計」を捨てて「腕時計」にあこがれる様に表象される。結局、圧倒的な母親の記憶も抹消できず自分の誕生日は常に「現在」であるが本籍地は「恐山」である事を最後に認める主人公がいる。様々な隠喩的映像のジグソーパズルが観客を「あの世」まで誘っているような映画である。

映画は少年と地主の奥さんと一緒に家出する場面があり、映画はそこで突然中断する。それから、場面は恐山から二〇年後の映画試写室の場面に変わり、映画監督の「私」と映画評論家が出てきて会話をする。そこでは、映画監督と映画評論家が挿話を交わすのだが、映画評論家の話では、ボルヘスからの引用より、「同じ硬貨でも昨日と今日とでは違う」という。更に映画評論家は、イギリスのSF作家、H.G.ウエルズの「タイム・マシーンに乗って時代を三代遡り、祖母を殺害したら、今の自分はどうなるか」などと話す。

映画評論家「もし、きみがタイム・マシーンに乗って数百年さかのぼり、きみの三代前のおばあさんを殺し

たとしたら、現在のきみはいなくなるか？」(11)

映画監督の「私」は、タイム・マシーンに乗って過去に遡る前に、二〇年前の「私」がタイム・マシーンに乗って過去からきて、映画監督のアパートに姿を現す。映画監督の「私」と少年は、年齢が二〇年の差があるとは言え、私が同時に二人いるということは現実にはありえない。したがって、事実はいつの間にか夢か虚構になっている。そこで、寺山は、二〇年前の少年の「私」が実際に現れたことを説明する前に、映画監督の「私」のほうが二〇年前にタイムスリップしてしまうだ。

「私」が映画の編集室にやってきて、その扉が開くと、その扉の向こうには、霊場の恐山が広がっている。映画監督の「私」は、『田園に死す』のスクリーンの中に入り、二〇年前の霊場恐山の世界へと入っていく。但し、「私」は声だけで最初、姿は無い。実は、寺山は、『田園に死す』の映画撮影で、二〇年前の「私」が、タイムスリップするのに地底から現れるようにしたかったのであるが、映画制作費が足らず、田んぼの溝から現れるように簡略化したと述べている。

映画の中で、映画監督の「私」が製作している『田園に死す』が再開されると、前のシーンで描かれた映画の状況はすっかり変わってしまっている。多くの映画の中では、映画が中断されることはない。また、再開された映画のプロットが変わることもないだろう。しかし、『田園に死す』は、ちょうど一度中断された夢の出来事のように再開される。すなわち、夢では同じ状況が繰り返さないけれども、『田園に死す』の続きは、ちょうど中断した夢のように様子は異なっているからである。また、まるで夢の中の出来事のように、二〇年前に遡った映画監督の「私」のところへ郵便配達夫が郵便を届ける。この郵便配達夫は、寺山の他の様々なドラマや映画に出てくる。遺作『さらば箱舟』でも郵便配達夫が地中に深く抉られた穴を下ってあの世へ手紙を配達に行く。

また、『田園に死す』では、夢の中の出来事のように、映画監督の「私」と少年時代の「私」は、いつの間にか、二〇年後に戻ってくる。すると不思議なことに二〇年前の少年も映画監督の「私」についてくる。そのうえ、部屋では母が眠っている。そして、映画監督の「私」と少年時代の「私」は母殺しを画策する。二〇年後の映画監督になった「私」のところへ一緒について来た少年の「私」が、現在では映画監督である「私」の母を殺そうと言う。もし、今の母を殺したら、少年の「私」は 二〇年間死体となった母と一緒にいなければならないはずである。

私「そうだ。おれはこの目で見たいのだ。実際に起こらなかったことも記憶のうちだと言うことを」（二七七頁）

思い出はいくらでも書き換えられて少年時代の自分の記憶も「私」の記憶もどちらも存在しているということになる。また存在しているものも夢であり映画『田園に死す』の結末でセットの中での出来事が作られた虚構に過ぎないことを示すために、セットを崩して、セットの後ろから 一九七〇年代らしき白昼の東京の街並みを映し出している。

スクリーンは虚構だとして、虚構を止めるとなると、それはスクリーンの外にあり、例えば、寺山は、生の人間が芝居『さらば映画よ』の中で、映画を夢想することになる。夢想はスクリーンの外側でされるとなると、夢が生の人間が生息する現実を浸食する。つまり、『さらば映画よ』は舞台であるが、出演者は舞台で映画を夢想するのだから、それは寺山の映画論であると想定される。『さらば映画』の舞台を映画化すると、『ローラ』のような生の人間がスクリーンの中に飛び込むと半分ドキュメンタリーで半分映像で表すことになり、生の人間とスクリーンとの間の境い目が重要になる。やがて『田園に死す』の中では、一つの映画の中からもう一つの映画へと発展していく。

『田園に死す』からフィードバックして寺山の映画をみると、夢の映画からもう一つの夢の映画の中へ入っていき、映画の中の子供が大人になった映画の世界へ出入りすることが可能となり、輪廻転生のように、ぐるぐると繋がっている。

6-4 『さらば箱舟』から見る輪廻

『さらば箱舟』はガルシア・マルケスの小説『百年の孤独』が下敷きになっており、南米なのか日本なのか、よくわからない不思議な雰囲気となっている。本作『さらば箱舟』はいとこ同士で結婚したスエと捨吉が、タブーを犯したために本家の大作や村人たちから馬鹿にされている。そして、捨吉は皆の前で大作に不能と嘲け笑われたことからカッとして彼を刺し殺してしまう。捨吉は、スエを連れて村を逃げ空家に泊まるのだが、翌朝、二人はそこが同じ我が家であったことに気づいた。やがて霊になった大作は常に捨吉の前に現れて会話する。それまで交流のなかった二人が殺害により触れ合うことになる。そして、徐々に捨吉は、物の名前を忘れていく。ある日、本家に夫が本家を継ぐはずだったという母子が訪ねてくる。その母と子の子供が穴に落ちてしまうが上がってきた時には大人に成長している。その穴は時間や空間を越えてどこかへつながっているらしい。また、本家では村中の時計を取り上げ捨ててしまい、その本家の名前「時任」が示すとおり本家だけに時計があって村中の時の支配を任されているのだ。スエが鋳掛屋から買った時計を村人たちに見つけかり、二つあると混乱するという理由で捨吉は殺害されてしまう。そして村に、急激に文明の波が入り込んできた。村を出て行く者が増え誰もいなくなった村で、スエが花嫁衣装を着て空地の穴へ投身した。そして百年経った頃、かつて空地だったところに、鋳掛屋が三脚付写真機を組み立てている。村人の子や孫達が集まって記念写真を撮るのだった。シャッターの音と共に写し取られるのは、百年前と変わらぬ村人の姿である。今も、彼らは死を生きているという、架空の村落共同体が文明の近代化の波をかぶって変貌して行く過程が、様々なイメージとエピソードで幻想的に描かれている作品である。

6-5　死んだ人間との対話を成立

『さらば箱舟』の記念撮影のショットのシーンを見ると溢れるようなイマジネーションに圧倒され、引き込まれるようにして見惚れてしまう。主要な役が山崎努、小川真由美、原田芳雄といういわば普通の役者陣だが、映像の働きで、寺山の世界になる。いずれも名優ぞろいで、非常に見やすく分かりやすく、色気が生命力あふれるエロスとなって発散する演技であった。他の出演者としては他に石橋蓮司、高橋洋子、そして高橋ひとみと三上博史の映像的美しさは二人が目を見張る美しさを発揮しているためである。映像も独特の色彩と光と影がコントラストを表していて素晴らしい仕上がりになっている。それでも、いつもの寺山の異様な世界は健在である。『さらば箱舟』は寺山の遺作であり、撮影当時すでに寺山はかなり体が衰弱していたという。寺山が死を意識した作品だったのだろう。マルケスの『百年の孤独』は南米の未開民族の神話的な物語なのだが、掻い摘んで粗筋だけを辿って一読しただだけでも、ある一族の百年の歴史が描かれているのが容易に見て取れる。『さらば箱舟』の映画タイトルの箱舟とはノアの箱舟のことであり、恐らく世界の終末から逃れるために家族が作った箱舟を象徴しているのだろう。それでは『さらば箱舟』のラストシーンは、百年後に箱舟から家族は地に降り立ったのだろうか。その映像の中には捨吉とスエが念願の夫婦となって子供を産んでいる姿が描かれている。寺山自身もまた百年後に映画と共に再生する事を暗示しているのかもしれない。『さらば箱舟』の穴は、晴海の初演『百年の孤独』（映画『さらば箱舟』）では、実は空に向かって空いていた。したがって、『田園に死す』に描かれた天の父と地上の息子との交信は、『さらば箱舟』に描かれた天にいる捨吉と地上にいるスエとの交信がパラレルになって描かれている。寺山の初期の映画と後期の映画には、天と地上の交信が描かれていることを読み取ることを可能にしている。これは、寺山が第二回『短歌研究』特選の受賞を獲得した詩集のオリジナルタイトルであった「父還せ」の主題が映画のテーマと符合していることがここに読み取れる。この世とあの世は鏡に映った生身の人間と虚像の人間の関係を表しており、寺山が、映画に対して終始懐いた観客と光線媒体の虚像との一体化を夢という媒体を通して可能性を追求していたことが分かってくる。さらに『さらば箱舟』は映画の中で、死んだ人間との対話を成立させているのだ。

7　寺山修司の前衛性がメインカルチャーとして表現されている例と、寺山修司の影響を受けた作品

7－1　寺山修司の影響を受けた作品

早稲田大学大学院教授であった映像作家の安藤紘平氏の『アインシュタインは黄昏の向こうからやってくる』や『フェルメールの囁き』、そしてジェームス・キャメロンのＣＧ映画『アバター』などを例にあげる。

7－2　寺山修司の詩

安藤氏は、寺山の和歌を、新しい映像で表している。しかし、和歌を読むのは都会の少年で、『田園に死す』のような東北訛りではない。それは寺山とは異なった映像化した和歌論になっている。『田園に死す』の冒頭で寺山の和歌がインポウズされる。『アインシュタインは黄昏の向こうからやってくる』では、しばしば、和歌が画面にインポウズされる。従来、国文学では、寺山の俳句短歌を専ら文字だけで論じている。

空は本
それをめくらんためにのみ
雲雀もにがき心を通る(12)

右記の寺山の詩歌が『アインシュタインは黄昏の向こうからやってくる』のスクリーンの画面にインポウズされる。画面は、炎となって燃え上り、炎が白い色となって丸い月に変わる。画面の中に画面を焼付けた、つまりここでは映画の中に文字を焼き付けた。安藤氏は映画の中に映画を入れてまた、現実の人間を入れるという同じ作業を行っている。

『アインシュタイン黄昏の向こうからやってくる』は映画として寺山映画にどのような影響を受けているかを検討した。この映画では映画監督である安藤氏の本物の家族が登場する。現実の生活の部分をスクリーンの中に取り入れる形は寺山の映画と構造が似ている。

7-3 永遠の映画

映画は、いったん撮影すると年をとらないばかりか、不死である。寺山が死んでも、35光年の光が届くところでは、35年前の寺山が生きている姿が見られる。そうでなくても、映画は、35年前から40数年前にかけての寺山の画像を捉えているので、その当時の寺山の生きた姿を不死の姿として見ることができる。

『アインシュタインは黄昏の向こうからやってくる』には、スクリーンの中に、もうひとつの映像空間がある。この映画の上映後に、同作品の制作者でもある安藤氏が、「無意識的に、寺山の影響を受けた」といった言葉が耳に残っている。寺山の『ローラ』で森崎偏陸氏がスクリーンに飛び込んだように、安藤氏の『アインシュタインは黄昏の向こうからやってくる』では、一つのスクリーンの中で、もうひとつのメタスクリーンの中に列車が飛び込んでいく。安藤氏は寺山も言ったようにスクリーンの中にもう一つのスクリーンの世界を作った。

アインシュタインの相対性理論のように、或るスピードで飛行すれば、人間は年を取らない。スクリーンの中に、また一つの空間をはめ込んだ場合、その空間の中に閉じ込められた人間はどうなるのか。不死のスクリーンの中に、また一つ空間ができて、その中で、描かれた人物は、「不死の不死になる」[13]のだから「永遠」ということになる。その「永遠」の姿は『アインシュタインは黄昏の向こうからやってくる』の映像の中から、取り出すことは可能なのだろうか。取り出すことが可能ではないとしたら、理論的には永遠にスクリーンの中に住むことになる。『アインシュタインは黄昏の向こうからやってくる』で少年は永遠を表した夕焼け空が欲しくなる。少年の父は「空は永遠」と少年に答えるが、話をしていた後急に死ぬ。永遠と人間の生命の短さを端的に表している。少年が空を挟みで切ると、かすかにあっという老人の声が聞こえる。これは少年がはさみで永遠を象徴する空を切りとると『田園に死す』で突然、映画は中断することと、類似した「永遠」の可能性を考えさせる作品である。この安藤氏のコンセプトは、寺山の映画は不死であるというコンセプトと繋がっていると考えられる。

また、『田園に死す』の二〇年前と同じようにご飯を食べている親子二人とむき出しになった都会の風景には、二〇年前の故郷の人が、衣装がそのままの姿で歩いている。そして雑踏に消えていく。時間が輪廻転生のようにぐるぐる回っている。『アインシュタインは黄昏の向こうからやってくる』でも、最後の場面で、少年のいるところへ、老人になった自分が姿を現す。これは、『田園に死す』で共通しているのは、夢であり、夢が引き起こす作用によって、時間が歪められる。寺山の考える映画は、二〇年前の私の映画と二〇年後の私の映画の間を行き来して、一種の輪廻転生のような永遠の世界を映画の中に映画を置いた。したがって起こりえないことも、起こる映画となっている。ルイス・ブニュエルの『アンダルシアの犬』は二人の同一人物が夢の世界にいながら一つの映画の中に二人の同一人物が夢の世界にいて、ドアに手を挟まれたままになっている筈の男と、それと同じ男がベットで横たわっている。[14] だが、安藤氏の『アインシュタインは黄昏の向こうからやってくる』は、物理学者アインシュタインの相対性理論のように、映画の中に映画を相対的に置く映画を作り上げた。その理念が進化したのは、寺山が『田園に死す』の中に親子ほど年齢の違う同じ人物を配置して、映画の中にもう一つの映画をはめ込む仕組みを考案した映画の設計図を示しておいてくれたおかげであったからに他ならない。

7-4 夢の中で見る現実

寺山の考える映画は、映画の間を行き来して、一種の輪廻転生のような永遠の世界を映画の中に映画を置いた。したがって起こりえないことも、起こる映画となっている。夢が引き起こす作用によって、時間が歪められる。『アインシュタインは黄昏の向こうからやってくる』では、少年がうとうとと夢想すると、部屋の絵が飛び、箱の中の少年が様々な場所を飛んでいく。やがて、画面が変わり炎となって、本が燃え上がる。本の灰が炎と共に数十年前の家の中に飛び込んでいく。少年が「夢を見た。そこは確かに僕の家だった。燃える灰の中から、書物が次々と生まれては僕の家の中に飛んでいった。僕はそれを呆然と眺めていた」と台詞をいう、この時の画面は安藤氏の実際の家を使って作り出している。現実の生活の部分をスクリーンの中に取り入れるフォルムは寺山の映画と構造が似ている。

また、『アインシュタインは黄昏の向こうからやってくる』の制服を着た十五歳の少年がモノローグと共に新しい場面が始まる。ここでも「この日僕は夢を見ていた」と語った。この夢のシーンでも安藤氏の玄関先とそこから見える電車がスクリーンに映し出される。これは映画の少年の夢の中の出来事に『田園に死す』との繋がりが見える。『田園に死す』では「私」が「夢の中の自分にとっては、現実だった。」（二五五頁）など、編集室で映画監督の「私」が「どこから、つなぎあわせてよいのかわからなくなってしまった」（二六一頁）とモノローグしているところや、「待てないね。待っていたら、お前に追いつかれてしまう」（二六八頁）、「作り直しのできない過去なんてどこにもないんだよ」（二六九頁）と言う処は、大人と少年の私にはな循環に狂いが生じると見ているからであろう。過去はいくらでも作り変えることが可能で夢も現実もどちらも存在し、嘘と本当とは同じであるといえるのではないだろうか。

また、『アインシュタインは黄昏の向こうからやってくる』では友達の誕生日会の帰りに電車を降りようとすると切符を落としたことに少年は気付くシーンがある。少年は、母親に「切符を落としてはだめ、駅から出られなくなる」と言われ駅から永遠に出られなくなると困っていた。そうすると駅構内で駅から出られなくなった子供たちに「ここの暮らしも決して悪くないぜ、みんなここに住んでいるんだ」と意外な言葉を聞く。そして列車が通り過ぎる。この場面は、寺山の『さらば箱舟』のラストシーンで、百年後の住民が記念撮影をすると、映っている姿が、百年前の祖父や祖母の若き姿が映っているシーンに似ている。『田園に死す』の冒頭のシーンでも、墓地でかくれんぼしている鬼の女の子が「もういいかい」（二三九頁）と言うと隠れている子供たちは「まあだだよ」（二三九頁）と答える。次いで、もう一度「もういいかい」（二三九頁）というと隠れていた子供たちが、大人たちになっている。この時、時間が一〇数年経過している。

安藤氏の映像では、子供たちが駅のホームで記念撮影のように集まっているが電車が通り過ぎると老人たちになっている。ここの場面は、安藤氏が寺山の映画をコラージュしていると考えられる。このようなシーンはその間に何十年も経った気がし時間が進んでいるように見えながら、進んでいないようにも見えるのだ。これは、アインシュタインの相対性理論のように、高速度で移動すると、人間はいつまでも年をとらないという仮定をするならば一種の輪廻転生のように、親子が、数十年間の時間のずれの中で、同じような人生を繰り返し、繰り返し循環しているように見える。一人の人間の少年と大人に時間を二重化して時間の関係を相対化して表したのである。息子であって親でもあるという、時間の層を自在に行き来する状態を生み出し父親は子供であり、子供は父親であるという、ぐるぐると循環する不死の状態を生み出している。言い換えると、映画の外側の人間が、映画の中へ入り込んでしまい、永遠に不死の存在として、親子関係をリフレインする映像を生み出したのである。このオリジナルは、寺山の『田園に死す』にその萌芽があり、『さらば箱舟』で、親子の循環を提示したのであり、安藤氏は『アインシュタインは黄昏の向こうからやってくる』のなかで継承発展させたのである。

7-5 『フェルメールの囁き』と寺山修司

『フェルメールの囁き』は、フェルメールの絵が、寺山の俳句短歌の文字に相当する。安藤氏の『フェルメールの囁き』を見ると、フェルメールの「恋文」の静止画が、動いたとしたらどうなるだろうかという驚愕を与える。その仕掛けとして、サーカスの魔術やクラシック音楽の引用が不思議な世界へと誘う作品となっている。

映画『真珠の首飾りの娘』は、フェルメールの絵画を謎って解説し説明しているに過ぎない。安藤氏は、フェルメールの絵が与える印象を熟視によって、やがて破壊し、四〇〇年前のオランダのデルフトを描いた西洋画を、今度は百年前の明治の日本の和式に作り変えた。安藤氏の映像美は、フェルメールの静止画を純日本式の動画に変容させたところにある。こうして、安藤氏の『フェルメールの囁き』は、映画『真珠の首飾りの娘』が単なるくどくどしい散文化に過ぎないことを証明している。フェルメールの「恋文」が純和式の映像に変容させたことによって、フェルメールの「恋文」と同等の芸術的価値を生み出しているのに成功している。この安藤氏の『フェルメールの囁き』は、寺山が詩集『田園に死す』を映画で詩劇風な『田園に死す』に仕上げた芸術上の美を継承発展させたことの一例である。

安藤氏は、フェルメールの「恋文」にあるオランダ・デルフトが生み出した芸術性の極致を、サルバドール・ダリが、フェルメールのオランダの風景を、スペインの風景の中に溶け込ませ変容させたように、今度は、安藤氏が『フェルメールの囁き』で、日本の明治時代の純和式に変容させた。寺山は、シュルレアリスムと土着性を『田園に死す』で遺憾なく発揮したと考えられる。それは、ダリのシュルレアリスムの影響とオランダやスペインの模倣でなく日本の青森という土地の土着性を表したのであるが、この映像美は、安藤氏の『フェルメールの囁き』で、寺山の映像美の痕跡と新しい美の創造とを変容する映像の中で構築しているのだ。

7-6 盲目と映画

寺山は目以外の感覚を研ぎ澄まして、もっとよくモノを見ようとした。盲人は健常者よりも数倍音が大きく聞こえる。フェルメールの絵をもっとよく見るために目ではなく、目以外の感覚で（想像力を膨らませて）

フェルメールの絵をもっとよく見る。『フェルメールの囁き』で兄が盲目になった妹に手紙を書き読んでいるシーンがある。これは寺山『盲人書簡』のラストシーン（もっと闇をもっと言葉を）をコラージュしている。しかし、これは単なるコラージュではなく寺山のドラマを映像化したことであり寺山のドラマは映像作品であることも安藤氏は証明した。

一般的な考え方としては、宇宙を裸眼で見たものはない。しかし、コンピューターで、再生した宇宙を、我々は、宇宙だと信じている。また、空から地上を見ることはできない。しかし、高感度カメラで、裸眼で見えない地上の地形を映し出す映像をわれわれ人間はそれを真実だと思って見る。裸眼では見えないので、高性能なカメラの目を信じているのだ。目が見える者が、遥か彼方が見えないのだから、盲人が手紙を読むことは決しておかしな事ではない。宇宙から裸眼で見えない映像（虚像）を通して、地上から見ているのは、盲人が文字を読んでいる行為と同じである。また、映画（カメラが映したもの）が、現実よりも、もっとリアルなのはそのためである。

7‐7　リアルとバーチャルの葛藤

寺山の演劇『レミング』は、見る観客に夢を見ているのか夢を見させられているのかという問いかけを度々浴びせかけられる。観客にとって「現実」と「夢」との違いとはどう表わせばいいのかという疑問がでてくる。観客の意思でコントロールすることが不可能なままの状態で疑わしくなる際、その曖昧さと事実をつなぐ現実こそ「夢」という媒体であり、疑いもなく今を夢見ている観客の見る夢こそ表象としての「現実」ではないだろうか。

また、夢を見る事と夢を見られる事を主題にした映像は近年ハリウッドが好んで映画にしている。現代の観客が好むリアルとバーチャルの葛藤という説話論的手法がＣＧに馴染みやすいということもあると考えられる。ジェームズ・キャメロン監督の映画『アバター』では主人公が夢を見つづける間にもう一つの世界で存在している。映画の最後にはその夢から目覚めず、もう一つの身体であるアバターを選択する。その選択を肯定も否定もせず、楽観も悲観もない物語の終わらせ方は正しいという印象を受けた。

夢から覚めたつもりが、また次に待ち受ける夢から覚めた夢を見ているという説明にはならない。夢から覚めてもまだ次の夢を見ているとしてもそれが悲劇であるかどうかを問うことはあまり意味がない。夢を見ることが究極の自由だとしても、その自由さえあらかじめ誰かに見られている夢かもしれないのだ。その不自由さに気づき永遠に自由の夢を見つづけることが生きることだと言えばいいのだろうか。それ自体は何の解決にもならないが元々答などないだろう。また、その答に対応した問いがあるのかどうかさえ疑わしい。「夢を見ている」つもりの観客でさえ、いつでも他から「夢を見られる」側になる。『レミング』の最後は劇場全体が暗転し、観客は自分の手も見えない状況で、劇場の扉を釘で打ちつけられる音をただ聞くしかない。観客たちは暗闇という不安が「私は何かに閉じ込められているのだ」ということをその時、身体的に知ると感じることになる。寺山は演劇でも映像表現でも常に「観客」という名の受動的な傍観者の存在を許さない。抽象的な視線などは存在せず、常に視線は具体的である筈だという思想がこの演劇『レミング』でも完全暗転という視線への挑発となっている。『レミング』には、「壁抜け男」の副題にあるように、登場人物はアパートの隣の壁が突如消失したことに驚く。今までその存在を疑うこともなかった壁を文明と呼んでも社会と呼んでも自我と呼んでも常識と呼んでもかまわない。「夢」をとりあえず仕切る「何か」でしかなく、その壁がなくなり、夢を見ていたつもりが夢に見られていたのだと気がついたところで、向こうの世界から飛び出したものは「ネズミ一匹」[15]なのだ。「見る」ものと「見られる」ものが互いにすり寄り、場合によってはすり変わってしまう浮動性にある。あるいは「見る」と「見られる」が同じ意味になってしまう。壁がなくなり「見る」と「見られる」の関係が入り交じっている。鏡に映った姿は、鏡という仕切りがなくなれば、どちらが虚像でどちらが生身なのか曖昧になってしまう迷宮の世界への扉でもあるのだ。

8 まとめ

8－1 まとめと考察

既存の映画は、観客にとって、スクリーンの中に入ることが出来ない受動的な映画である。しかし、寺山は映画を外から楽しむのではなくさらに広く深く展開したものに変え、スクリーンと観客の関係を壊し繋げた。このような思想、考え方が、今後どのように新しい表現を生み出すかを考察した。映画のスクリーンには、俳優本人ではなく光の微粒子と化した赤の他人が虚像となって映し出されているが、寺山は、この本人ではないが本人に似た映像に異常な関心を示し代理人としての映画について独自の見解を持っていたと推測する。

寺山の映画は思想の中の映画であり、従来の映画は観客とスクリーンは別だが、寺山の映画は作り物の映画にもその中にはリアリティのある世界があることが分かった。「リアリティ」のあるという意味は「リアリティを感じさせる」ということであり、映画の中に、「現実の人間が入り込んでしまった」という安藤氏の考え方がある。

安藤氏は「誰が、ラストシーンを観たか」(16)で、以下のように述べている。

(寺山)「僕の場合、スクリーンからの距離ではなくて、スクリーンまでの距離が問題なんですよね。スクリーンまで、何マイルか・・・。」

(安藤) 一九七四年だったと思う。寺山さんは、東京都美術館のオープン記念展で上映された私の作品「The Distance From the Screen－スクリーンからの距離」を見て、こんなことを言った。

(寺山)「つまり、映画を観ているうちに観客とスクリーンの距離がだんだん縮まっていって、、映画が終わるころには、皆、スクリーンの中に写し撮られてしまい、各席には誰もいない・・・。ラストシーンは、全員がスクリーンの中にいるから、映画の最後がどうなったか見ている人はだれもいないんだ・・・。」

・・・・

（寺山）「スクリーンまでの距離が問題なんですよ。観客がスクリーンの中に写し撮られて、終わりには、全員がスクリーンの中にいる・・・。」

（安藤）そう、スクリーンの中に入り込んでしまったのは、寺山さんではなくて、私たち自身なのだ。・・・（二十三頁）

と前述のように語っている。

一九六〇年代、唐十郎や鈴木忠志にしても、劇を上演しながら、演劇論を書いた。それ以後の人は、劇を書き上演しても、演劇論がない。その理由として、ハイテクが複雑になり、時間の余裕がなくなったからだと思われる。寺山は、自分ひとりで何もかも行ったが、それに加えて一人で出来ないことは寺山の企画に有能な人を巻き込むのが長けていた。また、寺山は歌人であった。明治時代、劇作家は皆韻文で戯曲を書いた。戦後韻文で書いた劇作家は寺山だけである。これまで国文学分野では、俳句や短歌を、紙媒体を主体にして、論じて、寺山修司の歌を、国文学の領域で論じられてきた。しかし、寺山の俳句短歌の前衛性は、国文学で論ぜられるにはもはや限界があり、しかも、紙媒体を超えたところにある寺山の歌論を論ずることをしなかった寺山研究には旧態依然とした態度が未だに寺山研究ではまかり通っている。これまで、寺山の俳句短歌を、映画や演劇とパラレルに論じてきた研究は幾人かの研究がなされてきた。

また、サブカルチャーは基本的にメインカルチャーでないものはすべて含まれる。そもそも多様化している現状ではメインそのものがはっきりしていない上、相対的なところもあるので線引きは難しい。マイナーな娯楽という「目的」面を重く見るのがサブカルチャーと捉えている人が多くいる。「カルチャー」は定義があってないようなもの、人間が持つ行動の傾向・集合は全て「カルチャー」と、いってもいいだろう。そのくらい範囲の広い概念なのだから、万人が理解できるメインかサブかの違いは文字通りマジョリティーかマイノリティーかということではないだろうか。単にメジャー・マイナーではないニュアンスがあるからこそ一層定義は難しい。寺山はサブカルチャーがいずれメインカルチャーになることを予測していた。現在、多くのエンターテイメントのサブカルチャーがメインカルチャーに取り込まれている。更に十年後二十年後にはサブカルチャーがメインカルチャーに取り込まれていると推測できる。寺山はサブカルチャーを世の中で新しい表現にして影響を与えているのだ。

寺山の映画『田園に死す』と俳句短歌『田園に死す』の前衛的なシュルレアリスムを、安藤氏は自らの前衛的でシュルレアリスムの映像作品『アインシュタインは黄昏の向こうからやってくる』や『フェルメールの囁き』で、パラレルに表現して寺山の俳句短歌と映像を融合させて映像作品を表してきた。これらの映像作品で、安藤氏は、寺山の俳句短歌を映像と融合させただけでなく、寺山の俳句短歌が映像と不可欠な関係にある総合的な芸術作品であることを実証し、更に、寺山の芸術から新しい映像の可能性を示してきた。寺山の俳句短歌と映像の前衛性を、安藤氏の前衛的な映像を通して、未知の映像分野を考究した。人間の目は不確かであり、我々が見ている星は今、光っていると思っている。実際には、その光は、数億光年前に光った光である。それほどに人間の目は不確かなのだ。安藤氏の映画は宇宙の法則を映画化していて、これが、人間の目に見えないが実は、リアルな世界である。普通の人間は、映画は虚像に過ぎないと思っているが、安藤氏によると、映画の外側の世界が映像に入り込んで、リアルな世界が映画の中に再現される。映画がそのリアルなアインシュタインの世界を映像化したのが、安藤氏の『アインシュタインは黄昏の向こうからやってくる』である。今後の研究では、俳句短歌を歌論として網羅的に研究しながら、安藤氏が開拓した俳句短歌と映像との融合から、寺山の目指した俳句短歌と映像を新しい映像技術を駆使しながら解明していきたい。これらの問題を実験映画を作製しながら、同時に映画論や詩論を含めたプロデュースを行い、十年、五十年後、百年後の映画を、五年前、十年前、百年前を絶えずフィードバックしながら検証し、新機軸を成す映画の制作を目指したい。

『さらば映画よ』では、普通の映画を壊し、想像力で作る映画を構想し劇作した。一方、『田園に死す』では、少年の想像力で、亡き父と話す映画を作った。寺山の遺作となった『さらば箱舟』でも、地上の妻が、天の夫に会おうとして負の穴に飛び込む。この穴は、想像力をシンボライズしたもので、寺山は『身毒丸』でも、魔法の穴を使っている。この穴はこの世とあの世をつなぐ扉を象徴として使われている。寺山にとって、想像力とは『邪宗門』のラストシーンに出てくる「どんな鳥だって、想像力より高く飛べない[17]」であろう。言い換えれば、寺山の想像力は既存の映画を否定し、不可能な映画を構築するシュールなユートピアを象徴している。また、想像力は『レミング』のラストシーンに出てくる「世界の涯てとは、てめえ自身の夢のことだ」（一五五頁）であり、不安定で掴み所の無い夢を映画化することでもある。寺山は最後まで夢を映像化することを考え続けていた。遺稿『懐かしのわが家』でも次のように詩に書いている。

世界の涯てが
自分自身の夢のなかにしかないことを
知っていたのだ[18]

結論としては、少なくとも、寺山は、最初から最後まで、映画やドラマで、夢を想像力で描き、既成の映画を破壊し続けたといえるのではないだろうか。

注

(1) 寺山修司『さらば映画よ』（一九六六年五月号『悲劇喜劇』、七四―七五頁　一九六八年十月号『映画評論シナリオ』）、一二三頁以下、同書からの引用は頁数のみ示す。
(2) 寺山修司『劇的想像力』（講談社、一九七一年）、六四頁。
(3) 『三田文学』の「特集・前衛芸術」（一九六七年十一月）、一五頁。以下、同書からの引用は頁数のみ示す。
(4) Duras, Marguerite, *Hiroshima mon amour* (Gallimard, 1960), p.22.
(5) Pinter, Harold, *Complete Works*: Four (Grove Press, 1981), pp.27-28. 以下、同書からの引用は頁数のみを記す。
(6) 『寺山修司演劇論集』（国文社、二〇〇〇年）、四九頁参照。
(7) 『寺山修司全シナリオ』Ⅰ（フィルムアート社、一九九三年）一九一頁以下、同書からの引用は頁数のみを記す。
(8) 岡谷公二『レーモン・ルーセルの謎』（国書刊行会、一九九八年）、六九頁。
(9) 『寺山修司の戯曲』第6巻（思潮社、一九八六年）、九〇頁以下、同書からの引用は頁数のみを記す。
(10) 九條今日子「さらばポーランド」（『ポロニカ』no.2, 恒文社、一九九一年）、二四―二七参照。
(11) 寺山修司『田園に死す』（『寺山修司全シナリオⅠ』フィルムアート社、一九九三年）、二五五頁。以下、同書からの引用は頁数のみを記す。
(12) 『寺山修司青春作品集』（7短歌・俳句・少年歌集麦藁帽子、新書館、一九九一年）、二八頁。
(13) Gregoire, Francois, L'AU-DEÀ (Que śàs-je? Universtaires de France, 1957), p.126.
(14) Bunuel, Luis & Dali, Salvador, *Un chien Andalou* (faber and faber, 1994), p.9.
(15) 寺山修司『壁抜け男―レミング』『寺山修司の戯曲』第五巻（思潮社、一九八六年）、一三七頁。以下、同書からの引用は頁数のみを記す。
(16) 『寺山修司研究』一号、（二〇〇七年）、二〇頁。以下、同書からの引用は頁数のみを記す。
(17) 『寺山修司の戯曲』第六巻（思潮社、一九八八年）、一二六頁。
(18) 寺山修司「遺稿 懐かしのわが家」（『墓場まで何マイル？』角川春樹事務所、二〇〇〇年）、二五七頁。

参考文献

Andre Malraux *Oeuvres complete* (Nrf Gallimard, 1989)

Marcuse, Herbert, *Eros and Civilization* (Beacon Press, 196
『悲劇喜劇』No.187（早川書房、一九九六年五月）
『映画評論シナリオ』第二五巻一〇号（映画出版社、一九六八年十月）
『寺山修司の戯曲』１（思潮社、一九八三年）
『キネマ旬報』「世界傑作シナリオ集」（キネマ旬報社、一九五九年一月）
『映画芸術』第14巻第４号（映画芸術社、一九六六年四月）
『「演劇実験室天井桟敷」の人々』（株式会社ヘレーベル館二〇〇〇年八月）
『谷崎潤一郎集（一）』（現代日本文学大系３０筑摩書房、一九九九年）
『谷崎潤一郎集（二）』（現代日本文学大系３０筑摩書房、一九九九年）
『谷崎潤一郎全集』第四巻（中央公論社、一九八一年）
『寺山修司の戯曲』第六巻（思潮社、一九八六年）
『寺山修司幻想戯曲集』（平凡社、二〇〇五年）
『寺山修司舞台劇詩集盲人書簡』（ブロンズ社、一九七三年）
『ポロニカ』no.2,（恒文社、一九九一年）
『寺山修司全シナリオ』Ⅰ・Ⅱ（フィルムアート社、一九九三年）
『スピルバーグ』（青土社、一九八六年）
猪狩哲郎『スピルバーグ魔宮の伝説』（竹書房、一九八六年）
『ルーカス、スピルバーグとハリウッド・ルネッサンスの作家たち』（『世界の映像作家３８』キネマ旬報社、一九八〇年）
『キネマ旬報』（Ｎｏ１４８９，二〇〇七年八月十五日）
『キネマ旬報』（Ｎｏ１５１１，二〇〇八年七月十五日）
『ユリイカ』（二〇〇八年七月）
『寺山修司研究 1号』（文化書房博文社二〇〇七年）

第二節

今、「あゝ荒野」を想う

安藤　紘平

いたく錆びし肉屋の鉤を見上ぐるはボクサー放棄せし男なり

一九六五年『短歌』十一月号に載った寺山修司の未刊歌集『テーブルの上の荒野』の中の一篇である。一九六五年と言えば小説『あゝ荒野』を書いた直後のことだ。

〝粉糠雨の降る寒い夜だろうか。よれよれの上着の襟を立て、どこへ行くともなく歩く男。ふと立ち止まった肉屋の店先。すでに店は閉めて誰もいないガラス戸の向こうに、肉塊を吊るすための錆びた大きな鉄の鉤が天井からぶら下がって鈍く光っている。しかし、男の片目には見える。その錆びた鉤にぶら下がる大きな肉塊のサンドバックが。男は、得意の左ジャブから右ストレート、そして左アッパーを繰り出す。血が飛び散って男のほほを染める。

相手は、ゆっくりとスローモーションのようにのけぞって倒れる。

「あれはどの位前のことだったろうか」

男は、暫く誰もいない肉屋の錆びた鉄の鉤を見上げている。そして、また、のろのろと粉糠雨の降る夜の闇の中へと歩き出す〟

―こんな光景が浮かぶ短歌だ。

片目の堀口の風景は、既に寺山のイメージの中に存在していたにちがいない。『あゝ荒野』の全篇に流れる感覚は、モダンジャズだ。寺山はモダンジャズの手法でこの小説を書いたという。それは〝寺山的自由〟の香りがする。

その〝自由〟は、〝孤独〟とも置き換えられる。

映画「あゝ荒野」では、そのリズム感と孤独感を切なくも鮮やかに描き出していた。昔、横尾忠則が寺山に、何故ボクシングが好きなのか聞いたことがある。寺山は答えた。「ボクシングは血と涙のブルースだからですよ」。

寺山にとってボクシングとは何だったのか？

寺山の作品の中には、ソルレスの『暴力論』を根底にした人物がたびたび登場する。「権力は上から下へくる力である。デモのような集団的なものではその力には勝てない。暴力こそが下から上に向かう力である」寺山は、ボクサーと孤独なテロリストを写し絵のように描く。時には、ボクサー自身もまた孤独なテロリストの匂いがする。そのどれもが決してヒーローではない。どちらかと言えば負け犬だったり障害があったりマイノリティだったりする。

一九六〇年寺山が書いた初めての戯曲『血は立ったまま眠っている』はテロリストの少年が主人公であったし、同じ年に書いた映画脚本、篠田正弘監督の「乾いた湖」でも、主人公はテロリストにあこがれるアナーキーな学生運動家で、周囲の学生仲間がファッションのように安保のデモに参加するのを蔑視しながら、テロを計画する。彼の親しい友といえば、アル中で在日朝鮮人の頭に少し障害を持ったボクサーの鄭くらいであった。また同じ年に書いた須川栄三監督の「拳銃よさらば！」でも、主人公が兄の仇をとる最後の相手は、仲代達矢扮する足の不自由な元ボクサーであった。そして一九七七年、寺山自身が「ボクサー」という映画を撮る。片足に障害があるためにジムに見限られた清水健太郎扮する沖縄から上京した青年が、菅原文太扮する中年の元ボクサーをコーチにして二人三脚でチャンピオンに挑む映画である。

寺山はボクシングは同士討ちの世界だという。田舎での飢えた男が、山の手か藤沢あたりで親父の金でヨットなんか持っている奴を殴るといったスカッとしたものではない。殴られる相手も、下層階級の飢えた男なのだ。

ボクシングは殴り合いのかたちで行われる「肉体の対話」なのだ。

『あゝ荒野』は、新宿新次のように幼いころに母に捨てられ悪事に手を染め少年院を出てきた男と、バリカン建二のように吃音障害で赤面対人恐怖症で他者との関係をほとんど築けない男との悲しい〝対話〟の物語だ。自身持て余すような怒りとエネルギーを内包し、行く手を阻むものには躊躇せず殴りかかる新次と、引っ込み思案でその優しさが相手を打ち負かすことへのためらいを捨てきれないバリカン、全く正反対に見える二人の男の心の空白を埋める〝対話〟なのだ。

寺山の扇動的に現実を飛び越える言葉の数々は、常に二重性を孕んでいる。もしかしたら、新宿新次とバリカンは二人の人物ではない。都会の片隅で名も知れずひっそりと生きている普通の誰かの内に棲む二つの映像である。そのお互いが〝荒野〟という名の自身の内なるリングで自らを殴り合い、やがて、美しく敗北してゆく同士討ちの世界だ。それは、まさに拳闘の持つ暴力性に対する純粋な詩的表現に他ならない。

そういえば、菅田将暉とヤン・イクチョンの眼は、鋭くも美しい、自身に対するテロリストの眼であった。

寺山の「人は、半分死体で生まれて完全な死体になる」という言葉を借りれば、バリカン建二は、もう一人の対極にある新次という自分の手を借りて〝自殺する〟自身へのオナニーに近いテロ行為だったのだろう。

二〇一七年、何故、今映画「あゝ荒野」なのか。気が付けば、社会の荒寥感と孤独感はあの時代と全く変わりがない。いや、それ以上だ。悲しくきらめく新宿のネオンも荒野であり、居酒屋のカウンターも荒野であり、テーブルの上も原稿を書くパソコンも抱き合った恋人の裸の胸もそしてじっと見つめる自分の手のひらも荒野であった。

映画は、電気がつけば消えてしまう世界。アントニオーニも、大島渚もポランスキーも電気が付けばスクリーンという白い荒野に消えてしまう。だが、あの、何も映っていない空っぽのスクリーンの中にこそ、映画「あゝ荒野」は存在する。孤独だけが…永遠に…。

第三節

「ラ・ママ実験劇場」

桂木　美砂

「ラ・ママ実験劇場」（La MaMa Experimental Theatre Club (La MaMa E.T.C.)）（以下ラ・ママ）は芸術監督である故エレン・スチュワート（Ellen Stewart, 1919.11.7-2011.1.13）（以下スチュワート）により創設された現存する最古のオフ・オフ・ブロードウェイ劇場である。創設以来、人種、言語、文化を問わず、テーマ性、先見性のある作品を重要視し、それらを実践する団体に対して、施設使用料を一切徴収せず創作のための環境を支援・提供している。それにより、国内外の無名であった芸術家・団体がラ・ママから育っていき、のべ十五万人の舞台芸術に携わる演出家、作曲家、戯曲家、役者などがラ・ママの舞台に立っている。これまでに日本を含む七十ケ国を越える舞台団体・芸術家をアメリカへと紹介し、のべ三千五百以上の作品が上演されている。一九六一年にニューヨーク市マンハッタンの321 East 9th Streetの小さな地階劇場「カフェ・ラ・ママ」として誕生し、一九六三年に82 Second Avenueに移り、翌年に「ラ・ママ実験劇場」と名を改めた。その後122 Second Avenueの二階に移り、一九六九年に現在の74A East 4th Streetに拠点を置いた。この建物には、二つの劇場「ファースト・フロア劇場（First Floor Theatre）」と「クラブ（The Club）」がある。そして一九七四年に現在の「エレン・スチュワート劇場」とアーカイヴと管理事務所がある66 East 4th Streetの建物をニューヨーク市から借り受け、二〇〇五年に購入する。その他47 Great Jones St.にアートギャラリー、リハーサル専用スタジオがあり、これら複合施設をシーズン中の九月から六月までフル稼働させ年間百本以上の作品を上演している。七月から八月には、イタリアのウンブリア地方スポレートにて「ラ・ママ・ウンブリア・インターナショナル」プログラムの一環として各国の芸術家を講師に招き、ワークショップとシンポジウムを一九九二年から毎年行っている。

スチュワートは、長年にわたる文化支援の功績を称えられ二〇〇六年にオフ・オフ・ブロードウェイのプロデューサーとして初のトニー賞を受賞しブロードウェイ殿堂入りをした。二〇一一年十月十八日の創立五十周年には、ニューヨーク市により、東四丁目の道が「エレン・スチュワート・ウェイ」と改名される。日本人のパフォーマーとの関わりは、一九六六年、寺山修司（以下寺山）がスチュワートのもとを訪れ、彼の劇団（天井桟敷）が一九七〇年『毛皮のマリー』を上演したことから始まる。長年の日米舞台芸術に対する協力と功績を日本政府に認められ、一九九四年に勲四等瑞宝章、二〇〇七年に第十九回高松宮殿下記念世界文化賞（演劇・映像部門）を受賞する。ラ・ママについてはホームページで詳しく紹介されている。(www.lamama.org)

二〇〇八年五月一日、ラ・ママにて本人【写真】に寺山に関する聞き取り取材を行った。事前に手紙もなかったので、スチュワートは寺山が来ることを知らなかった。

「当時私は122 Second Avenueにいて、ラ・ママはドライクーニング店の二階にあって、私たちはそこで小さい劇場をもっていました。彼はまた来て私のところで公演をしたいと私に言いました。」

I was at 122 Second Avenue and la mama was upstairs over a dry cleaning shop and we had our little theatre there. He told me he was going to come and he would like to come and play with me.

「カフェ・ラ・ママ」を創立する前、ニューヨークの高級デパート「サックス・フィフス・アベニュー」

でファッション・デザイナーとして働いていたスチュワートは、寺山の外見や服装と性格、そして互いの親交について次のように述べている。

「彼は素敵な人でした。間違いなく。彼はとてもフォーマルな服、小さな襟のついたチャイナ・ジャケットのような服を着ていました。修司はいつもとてもエレガントで、少しも場違いなところがなくすてきで、エレガントでした。舞台演出家には見えないでしょう。彼を見ても演劇関係者とは思わないでしょう。彼は、どう言ったらいいのか…外交官（のよう）で、とても礼儀正しく、はにかみ屋で、控えめでした。でも私といるときは違っていました。私はヨーロッパのいろいろな場所で修司と一緒でした。東京でも一緒で、お母さんを知っています。修司のお母さんが営んでいた喫茶店にも行きました。そうです。彼は私の息子のような存在でした。私達はとても親しかったのです。」

Oh, he was a pretty man. That's you have to say. Very formal …like the jacket, the Mao looking things, you know, the Chinese jacket with a little collar. Shuji was always very elegant never a hair out of place but beautiful person… pretty, elegant. You would not expect him to be a stage director. To see him you would not think that he was a theatre. He was, how can I say…a diplomat.

Very polite, shy, he was shy, reserved. But not with me. It was different. He was my son.

Many places in Europe I was with Shuji. And also in Tokyo I was with Shuji. I know his mother. I was in the little tea house that she had. Right. He was like my son. We were very close.

ラ・ママの開発担当アソシエート・ディレクターを務める藤藪香織もスチュワートから、寺山は紳士であり、ジャケットとポックリシューズを履いていたと聞いている。

更にスチュワートは、寺山の舞台での役者に対する接し方を次のように評している。

「彼はとても献身的に仕事をして、断固たる人でした。彼が役者を動かし、役者はそのように動かなくてはなりません。自分で動くのではなく、彼が役者を動かすのです。だから即興はありませんでした。彼は役者にどう動いてもらいたいかを知っていて、役者はそのようにしました。彼は役者が自分の思う通りに動くのではなく、彼が言う通りに役者に動いてもらいたいのです。」

Well, he was very disciplined and stern. He puts you, you must do that. You did not put you, he puts you. So, there was not improvisation. He knew what he wanted you to do, you did that, you did not improvise. He wants you to do what he tells you, not what you think.

『毛皮のマリー』の台本をスチュワートは読まなかった。

「私は台本を読みませんでしたし、私がやりたいと言ったのではありません。彼が来て、劇をしたいと言ったので、どうぞと言いました。私はいつもそういうやり方です。」

I did not read the script and say oh I want to do this. No, no. He told me he wanted to come and do a play. OK come. But it is always like that with me.

もっとも一九七〇年に英語で上演された『毛皮のマリー』ニューヨーク公演に出演し、現在ラ・ママのアーカイヴ・ディレクターであるオージー・ロドリゲス（Ozzie Rodriguez）は、役者が寺山の考える動きより良い動きをしたと思った場合には、役者の即興も認めていたと話している。当時受けたオーディションの様子や公演に関して次のように語っている。

「寺山は『皆さん、壁を背にして座ってください。』と言いました。ステージにはだれもいませんでした。彼は中央に座って、『次は誰ですか?』と言うと、人々は『私が次やります。』と言いました。彼は通訳を通して、『即興をやります。ストーリーを作りなさい。二人の少女が春の午後に家に残されるという状況です。』と話しました。しかし私は男で、もう一人も男でしたので、とても変でした。ステージには浴槽があり、彼は『それを使いなさい。』と言ったので、私はそれを使いました。全てのキャストはアメリカ人でしたが、彼とともに来た照明係り、セットデザイナーなどすべての技術者は天井桟敷でした。彼らは通りに出かけ、ショーに必要なものを見つけてきました。すべてのリハーサルと公演は二階の『キャバレー』、現在の『クラブ』で行われました。ある日、彼が私に言いました。『観客がショーの前にチケットを買おうと待っている時、下へ降りて観客のところへ行き、詩を吟じなさい。』それで詩人の役である私と友人が下に降りて行きました。私たちは『毛皮のマリー』の詩を喋りまくりました。観客は私たちを見て、劇がすでに始まったと思って二階に上がり、私たちも観客であるかのように彼らと一緒に上がりました。でも私たちは舞台衣装を着て化粧をしていました。観客は『おやまあ!何が起こっているのだ?』と言っていました。私たちは二階に着き、ドアを開けて『お入り下さい。』と言いました。寺山はそんなひらめきが大好きでした。」

Terayama said, 'Everybody just sit against the wall.' The stage was completely empty. He sat in the center. He said, 'Who's next?' Then people would say, 'OK. I go next.' He spoke through the translator, 'I will give you an improvisation. I want you to make up a story. The situation is two little girls left alone in the house in the afternoon in spring. But I was a man and the other man was a man, so it was very strange. On the stage there was a bathtub and he said, 'Use it.' So, I used it. All the casts were American people but all the technicians (light designers, set designers, etc.) that he came with were part of Tenjosajiki. They went out into the streets and they would find things that were needed for the program. All the rehearsals and performance were taking place on the second floor, 'the Cabaret,' where the Club is now. One day he said to me, 'You should go downstairs to the audience and say your poem, while the audience is waiting, buying tickets before the show'. So, my friend and I, (there were two poets), went downstairs, talking away about the poetry of "La Marie-Vison". The audience was looking at us and thought the play had already begun. As the audience was going up we were going up with them, as part of the audience, but we were painted and costumed. The audience said, 'Oh, my goodness! What's happening?' When we got to the door, we opened the door and said, 'Come in.' Terayama loved that kind of invention.

清水義和も『寺山修司研究　第二号（国際寺山修司学会編）』の論文「『毛皮のマリー』を通して『ああお父さん、……』からのコラージュを読む」において、寺山はキャストにプロの俳優から市民まで様々な人生経験や社会背景のある者を選び、ニューヨーク公演用の台本はドン・ケニーにより英訳されたものの結局殆ど使わず、各場面のブロッキングやキャストのダイアローグをかなり無視して舞台を構築したと述べている。ところで英語力についてはどうであったかというと、流暢といえないまでもコミュニケーションはとれていたとスチュワートは話している。前出の清水義和も同論文の中で、父八郎が英文学を学んでいたこと、母ハツが三沢米軍基地で働いていた頃に家に持ち帰ったアメリカ発行の新聞・雑誌を寺山が読んでいたことを指摘している。

ラ・ママ劇場付属の劇団の活動は海外にも及び、ヨーロッパ諸国を始め中南米、中東、アジアの様々な国を巡っていた。スチュワートは寺山と、海外公演の行く先々でよく一緒になったが、とりわけ印象深いエピソードとしてイラン公演を挙げている。寺山の海外公演の場所と演目一覧の資料は清水義和の著書『寺山修司海外公演』に掲載されている。

「演目が何であったかは忘れましたがイランのシラーズの宮殿の前でした。そして宮殿の前には水、とても広いプールのようなものがありました。宮殿の窓の内側に役者がいるのが見えます。彼らは「ブトウ（舞踏）」をしていました。音楽はヘビーロック、ゴージャスな音楽でした。これが舞台装置でした。宮殿があり、観客は窓と舞踏をみていたら、突然男が水中から立ち上がるのです。彼は長いこと水中にいました。濡れたシャツとネクタイを身に着け、ずぶ濡れでした。彼は立ち上がり、前方を真っ直ぐに見ながらゆっくりブルドッグを歩かせ、音楽が流れる中、突然彼の口から火が、大きな火が出てきました。水中でどうやったかわからないし、必要だったにせよ・・・でもどうやって？私はいつもその時のことを修司と話したいと思っていました。そして一人の女性に火がついたのです。火が彼女に移り、彼女は燃えました。火は髪や他へも。私が水のこちら側から向こうへ飛んでいったと言う人もいます。私は自分の大きなスカートを彼女に掛け、火を消しました。私も少し火傷をしました。そして観客は凍り付いたように動きませんでした。誰も助けに動きませんでした。そして劇・・・男はまだ火を吹き出しながら歩いていて、ロック音楽。そしてついに医者と救急車が来て、私たちを病院へ連れていきました。でも劇は続き、終わるまで中断しませんでした。観客は催眠術にかかったように誰も席から動きませんでした。私たちと一緒に来る人は誰もいませんでした。そしてこの女性は頭皮が焼かれ、髪が焦げ、腕も…。私は腕を焦がしました。彼女は体のいたる所が燃え、私の顔にも焼けこげができました。私たちは私たちの公演を、彼は同じ場所で彼の公演をしていました。」

I forget what his play doing but it was in front of the palace in Shiras, Iran. And in front of the palace was like a water, a pool very wide. In the windows of the palace the actors were in the windows and you can see. They were doing Buto. And the music was heavy rock, gorgeous music. And this was the setting. There is the palace and you were watching the windows and the buto and all of a sudden out of the water stands up this man. He had been under the water for long time. He had a soaked shirt and tie and drenched. He stood up and he's walking a bulldog very slow, just looking straight ahead of himself and the music is going and all of a sudden out of his mouth came this fire, big fire. And I don't know how under the water and all or whatever he needed… But how? I always wanted to talk with Shuji about then. And it set a lady on fire. She's a flame because fire went on her. Fires on her hair everything. Some people say that I flew from this side of the water over there. I had a big skirt. I put my skirt over her. I put the fire out. I got burnt, too, just little burn, not much burn. And the people, in the audience were like frozen, they did not move. Nobody moved to help. And the play…this man is still walking, shooting fire, the rock music. And finally the doctors came, ambulance, and they took us to the hospital but the play continued it never stopped until the play was over. The audience was hypnotized. Nobody moved from their seats. Nobody ran to go with us…nothing. So, this lady, she just had the top skin burnt off, her hair singed off…singe her arms. Me… I got singed on arms from her. She's fire everywhere and one singe on my face. We were playing our show and he was playing his show in the same place.

他に最も記憶に残っていることを語った。

「彼の舞台です。それは非凡なものでした。空間の使い方が。ヨーロッパでも足場でできた大きいセットを作ることができました。彼は巨大なセットを作り、上に役者が乗り、舞台には舞踏と歌・・・ああ、それは非凡でした。すばらしいという言葉では不足で、まさに非凡でした。」

His staging. It was extraordinary. The way he used the space. And in Europe he could have big sets made from a scaffolding. He would make a huge things and actors on top and the Buto in his part of the stage and singing …ah… extraordinary. Excellent is not strong enough, extraordinary.

最後にスチュワートから国際寺山修司学会（清水義和会長）へ宛てられたメッセージを紹介する。このメッセージからはスチュワートが寺山を高く評価していたことがうかがえる。

「私はあなた方が修司のためにしようとしていることに私を含めて下さって、とても誇りに思い感謝しています。私は彼のことを『寺山』と呼んだことはなく、いつも『修司』と呼んでいました。私は彼をとても愛していましたし、彼も私を愛してくれたことがわかっています。それはすてきなことです。日本では彼は今、いや数年前からでさえ大いに認められてきているようですが、それは妙な気がします。彼が生きていた時、また彼の死後長い間、彼が日本に貢献したことに対して正しい認識がなされていませんでした。その貢献はとても大きかったのですが。彼はヨーロッパで大きな評判を得ましたし、それは日本にとっても大変良いことでしたが、そのことに対して真価を認められたことはありませんでした。ですから私は彼のために今いろいろなことが行われていることがとても嬉しいのです。ありがとうございます。」

I'm very proud and very grateful that you'll include me in what you are trying to do for Shuji. I never called him Terayama, always Shuji. I loved him very much and I know he loved me, too, and it is beautiful for him. You see, it is so strange in Japan now and even in these past few years he has gotten and is getting wonderful recognition. When he was alive and long after he was gone there was no proper recognition for his contribution to Japan which was huge. He had big reputation in Europe which was very good for Japan, but he never got appreciation for that. And I am so happy everything happening for him. Thank you.

【写真】
©La MaMa Archive Ellen Stewart Private Collection
（二〇〇八年五月一日　筆者撮影）

参考文献

清水義和「『毛皮のマリー』を通して『ああお父さん、……』からのコラージュを読む」『寺山修司研究』第二号　国際寺山修司学会編』（文化書房博文社、二〇〇八年）
清水義和『寺山修司　海外公演』（文化書房博文社、二〇〇九）

取材・資料協力

Ms. Ellen Stewart, Mr. Ozzie Rodriguez, Ms. Kaori Fujiyabu and La MaMa Archive Ellen Stewart Private Collection.

あとがき

安藤紘平氏が制作した実験映画「オー・マイ・マザー」(一九六九)「アインシュタインは黄昏の向こうからやってくる」(一九九四)「フェルメールの囁き」(一九九八)を二〇〇六年に早稲田大学大隈講堂で初めて見た時の衝撃を今でも忘れられない。

一九九四年イギリスのロンドン・サウスケンジントンでのマンレイ展で写真や実験映画の映像を見たあとで、デヴィッド・ブラッドビー・ロンドン大学教授から「日本の実験映画製作者は誰かね」と尋ねられた。とっさに「寺山修司」と答えたことを憶えている。マンレイの単純な映像は寺山の実験映画『じゃんけん戦争』(一九七一)『審判』(一九七五)にもみられる。だが、安藤氏の「オー・マイ・マザー」を最初に見たときの衝撃はそのモンタージュとも何とも形容しがたい歪んだ映像に言葉を失った。

二〇一七年、安藤氏が文化庁から、野田秀樹、野村萬斎氏らと共に表彰され、それを記念して、「アインシュタインは黄昏の向こうからやってくる」「フェルメールの囁き」の記念上映会が横浜のシネマ劇場JACK&BETTYであり、その上映会の後で、記念トークショーがあった。その際、安藤氏は映画の自主制作の秘話を披露された。その後の懇親会では、安藤先生の大勢の同僚や教え子たちに混じって国際寺山修司学会の関係者も参加して、安藤映画の本質について伺い語り合った。

松本杏奴は安藤氏の指導の下で修士論文を書き、博士課程では、その修士論文を修正し『寺山修司研究』等に発表した。そのプロセスで、安藤氏が寺山修司の映画を専門的に研究し、その遺産を継承発展してきたことが明らかになった。

寺山修司はアナログ映画の『さらば箱舟』(一九八四)で「永遠の死を生き続けている」と映画の「不死」について述べた。安藤氏は、映画「アインシュタインは黄昏の向こうからやってくる」の中で登場人物の父や母や息子を何度も何度も生き返らせ、輪廻転生のように生き続けると予想を表して解説した。

寺山はドラマ『さらば映画よ(スター篇)』(一九六八)で登場人物の女優が「私は映画を妊娠した」と語らせている。安藤氏は「オー・マイ・マザー」でフィルムとビデオを合体してスクリーンの中に新しい映像を産出した。その仕組みは、静止画から動画に移し替えた時に、電気でいう一種の「エレクトロフリーラン」効果を生出し、勝手にスクリーンの中で画像が動き出し、静止画では見られなかった映像が動画の中に現れ勝手に動き出す映像を現してみせたのである。

寺山は『さらば映画よ(スター篇)』の舞台で女優が話す台詞で、「映画を妊娠した」と抽象概念を留めたに過ぎなかったが、それに対して、安藤氏は、フィルムとビデオを合体して一種の「エレクトロフリーラン」効果を生じ、全く新しい映像をスクリーンの中に産出し表してみせたのである。

クリストファー・ノーラン監督の映画『ダークナイト』(二〇〇八)の一場面で、蝙蝠が何万羽も群れを成して飛ぶとき、一瞬何万羽かの蝙蝠が何か得体の知れぬ化物に変化する場面がある。この映像はCGによって簡単にできるが、アナログの時代に、安藤氏がフィルムに写真を一枚一枚貼って、静止画から動画に転換して一種の「エレクトロフリーラン」効果を生み、何かフランケンシュタインのような化物を産出した時には、驚愕の念に圧倒された。

『ダークナイト』で登場する悪魔はＣＧを駆使しているがアナログ時代からの旧態依然とした画像である。それに対して、『オー・マイ・マザー』の映像は紛れもなくフィルムとビデオを合体して映画が生んだ斬新な映像であった。

本著は、安藤紘平氏の映画論をはじめ、松本杏奴、赤塚麻里、清水義和、桂木美沙の各氏から論文を纏めた。また、馬場駿吉、新高けい子、石原康臣、中山荘太郎、森岡稔、加藤智弘、石田麻利子、梶田祐子、浅井延子の各氏からは貴重な資料の提供を賜った。

安藤氏の助言に従い、『寺山修司事典』の縮刷版を考案し、今回は、その第一回として「映画篇」として纏めることになった。将来、「短歌・俳句篇」の刊行を考えている。

著者紹介

松本杏奴（Matsumoto Annu）

椙山女学園大学国際コミュニケーション学部卒業。早稲田大学国際情報通信研究科博士前期課程修了。株式会社サンライズ。名古屋学芸大学メディア造形学部映像メディア学科専任助手就任。修士学位論文（早稲田大学）「寺山修司における映画構造と前衛性とメインカルチャーとしての新しい映画表現への収斂と影響」寺山修司研究　第3号「寺山修司の『さらば映画よ』とコックの『カサブランカ』の映画技法」Asia Digtal Art And Design Association（延世大学）「The Emerging of Seiyu: Concerning the Relationship between Character Creation and Voice Actor in Japanese Animation」Asia Digtal Art And Design Association「RUNNING GIRL」Exground das filmfest「RUNNING GIRL」国際寺山修司学会会員

赤塚麻里（Akatsuka Mari）

高知大学修士課程（英語教育学）修了。在学中、英国ロンドン大学にて英語音声学の夏季研修に参加。名古屋外国語大学博士後期課程（英語学・英語教育）修了。日本英語音声学会奨励賞を受賞。現在、各大学で音声学（英語・日本語）の授業を担当。音声研究の他、学校教育での英語活動や教員研修にも取り組んでいる。

清水義和（Shimizu Yoshikazu）

愛知学院大学教養部教授、客員教授（二〇一七）。国際寺山修司学会会長。日本英語音声学会副会長。韓国音声学会終身会員。名古屋演劇ペンクラブ理事。一九八八年日本英語音声学会賞受賞。一九八八年韓国音声学会奨励賞受賞。公益信託キャンドル演劇奨励基金運営委員。

『ショー・シェークスピア・ワイルド移入史　逍遥と抱月の弟子たち　市川又彦・坪内士行・本間久雄の研究方法』文化書房博文社　一九九九

『バーナード・ショー世界と舞台　イプセンからブレヒトまで』文化書房博文社　二〇〇〇

『ファンタジーの世界　バーナード・ショー　ワーグナーからサルトルまで』文化書房博文社　二〇〇一

『ドラマの世界バーナード・ショー　シェークスピアからワーグナーまで』文化書房博文社　二〇〇二

『ドラマの誕生バーナード・ショー』文化書房博文社　二〇〇三

『演劇の現在　シェイクスピアと河竹黙阿弥』文化書房博文社　二〇〇四

『劇場の現在　シェイクスピアとショー』文化書房博文社　二〇〇五

『寺山修司の劇的卓越』人間社　二〇〇六

『寺山修司海外フィルムドラマ』文化書房博文社　二〇〇七

『寺山修司欧米キネマテアトル』文化書房博文社　二〇〇八

『寺山修司海外公演』文化書房博文社　二〇〇九

『寺山修司海外キネマテアトロ』文化書房博文社　二〇一〇
『寺山修司海外ヴィジュアルアーツ』編　文化書房博文社　二〇一一
『寺山修司グローヴァル・モダンアーツ＝TERAYAMA SHUJI Global Modern Arts』編　文化書房博文社　二〇一二
『寺山修司カレイドスコープの新世界』編著　文化書房博文社　二〇一三

寺山修司と安藤紘平　遺産は進化する

二〇一八年四月二〇日　初版発行

著者　清水義和
松本杏奴
赤塚麻里

発行者　鈴木康一

表紙デザイン・天野　天街

発行所●株式会社　文化書房博文社
〒112―0015
東京都文京区目白台1―9―9
電話03（3947）2034
振替00180―9―8655
URL: http://user.net-web.ne.jp/bunka/

印刷／昭和情報プロセス株式会社
製本／昭和情報プロセス株式会社

ISBN978-4-8301-1307-9